COBALT-SERIES

破妖《はよう》の剣《つるぎ》外伝⑤

魂が、引きよせる

前田珠子

集英社

目次

ラエスリール

破妖の剣「紅蓮姫」を持つ少女剣士。金色の妖主を父に、浮城の魅縛師を母に持つ。本来、黒髪、琥珀の瞳だが、現在は左目が深紅。通称・ラス。

闇主

ラエスリールの護り手。深紅の髪と瞳を持つ美貌の青年。正体は柘榴の妖主・千禍。

リーヴシェラン

カラヴィスの公女で浮城の魅縛師。琴を奏で、その音色で魔性を引きよせる力を持つ。通称・リーヴィ。

彩糸

リーヴィの護り手。実の姉だったが、紫紺の妖主によって人形に変えられた。

邪羅

紫紺の妖主と白焔の妖主の間に生まれ、並外れた魔力を持つ青年。しばしば少年ザハトの姿をとる。

イラスト／厦門　潤

魂が、引きよせる

プロローグ

「駄目だ……」

何度繰り返したかも、すでに覚えていない青年は、今回も失敗に終わった計画に用いた残骸《ざんがい》とでも呼ぶべきものを無造作《むぞうさ》に放り出した。

それは人形——ではなかった。

瞳から命の気配は消え失せ、すでにもの言わぬ軀《からだ》に成り果てていたが、それはまぎれもない人間の体だった。

そうして、それとは別に、青年の前には、物体にすぎぬ死体とは別の存在があった。

美しい存在だった。

流れる黒髪は漆黒《しっこく》、瞳は黒曜石《こくようせき》のごとく輝いている。月光の肌と非の唱《とな》えようのない絶対の造作《ぞうさく》——色彩は違えど、それは彼が至上と仰ぐ存在の『写し身《うつみ》』だった。

だが、それを見つめる青年の双眸《そうぼう》に浮かぶ光は冷ややかだった。

「目障《めざわ》りな……」

心底から腹立たしげにつぶやくなり、青年はそれを指先ひとつで灰塵《かいじん》に帰《き》した。

「違う……こんなものではない……」

周囲から、なにもかもが消失した空間で、青年は苦悩もあらわにつぶやきを洩《も》らした。

「このような小さな力では、到底我が願いはかなえられない……」

願いは……望みは、ただひとつだ。

ただひとりの、自分にとって至高のひとの心を捕らえ、ともにあること――。

それがどれほど身に過ぎた望みであるかはわかっている……知っている。

何度も何度もあきらめようと努力した。けれど、できなかった。

どうしても、あのひとが欲しいのだ。

自分にもっと力があれば、力ずくでもあのひとを捕らえることができたかもしれない。

けれど、力のない自分には、あのひとを捕らえつづけることはかなわない。あのひとは自分に囚《とら》われつづけてくれはしないだろう。

そうして、あのひとはすぐに去ってしまうだろう。

そんな光景を、青年は意図するまでもなく視《み》ることができた。

たまらないのはその後だ。

あのひとは、わたしを罰《ばっ》することさえしないだろう……。

直視するのもまぶしいばかりの、力に溢《あふ》れた存在は、自分程度の者に後《おく》れを取ったことに対して憤《いきどお》りを覚えることはあろうが、その高すぎる矜持《きょうじ》にかけて、この自分を滅ぼすにはいたらないに違いないと……確信できてしまうのが切なかった。

あのひとは、試してらっしゃるのか……それともはなから見限ってらっしゃるのか……。

それすらもわからない。

意地の悪い問い掛けのようなものだ。

だが……いや、だからこそ、青年は試さずにはいられないのだ。

欲しいのはあのひと、ただひとり——。

あのひとさえ得られるのであれば、いかなる試行錯誤《しこうさくご》も無駄とは思わない。

だが、青年自身でもわかるほどに、彼の『作品』は力量不足だった。

足りない……絶対的に足りないのだ……！

あのひとを手に入れるための力が！

「あきらめるものか……」

青年がつぶやいた。

その髪はつややかな漆黒《しっこく》、その瞳は闇そのもの——。

そう、青年は妖貴《ようき》だった。

黒い瞳に強い意志の力をたたえ、彼は繰り返しつぶやいた。

「かならず、あのひとを……っ！」

捕らえることで手に入れる。

自らの決意に瞳を輝かせた青年は、その『ひと』への執着《しゅうちゃく》の強さゆえか、答えとなるかもしれない存在を見いだした。

確かにそこには、青年の望む才能を持つ者たちがひしめきあっていたのだ。

「見つけた……」

青年はにんまり笑った。

「これで……」

願いがかなう――と、青年は言いたかったのだろうか。

その願いとはいかなる内容であったのか。

その願いを成就《じょうじゅ》させるにあたり、いかなる事態が呼び起こされるのか。

恐らくは、本人も知らぬ間に歯車は回りはじめたのだ。

―


『最低！』

自分あてに届いた書状に目を通すなり、床にたたきつけて叫んだ少女がいた。

場所は浮城《ふじょう》――魅縛師《みばくし》として認められている少女に与えられた私室における出来事だった。

そのおかげというか、彼女のその暴挙を目撃した相手はただひとりに限られた。

『リーヴィ？』

心底から不思議そうに首をかしげながら、少女が投げ捨てた書面を拾い上げ、『どうしたのです？』と声ならぬ声で問いかけてくる豪胆《ごうたん》な女性は、かつて少女の実姉であり、魔性《ましょう》の王たる妖主《ようしゅ》の術により、人間から人形に存在の形を変えられたという、異様な経験を味わわされた者だった。

その護《まも》り手《て》に、少女――リーヴシェランは叫んだ。

『彩糸《さいし》！　彩糸、見てよ！　この求婚状の数ったらっっ！』

癇癪《かんしゃく》を起こしたリーヴシェランに、どう反応すべきなのか、護り手の彩糸もいささかとまどっているらしく、『あら？　あら……まあ……』と返して来たりする。

祖国から送り届けられてきた手紙のほとんどの内容たるや、リーヴシェランには耐えがたいものばかりだった。

『本当に、あいつらってば……っ！』

ぎり、と唇を噛《か》みしめる。

『あたしの産んだ子が、カラヴィスの次期大公《たいこう》になれるかもしれないって話になったとたんに、こんな手紙ばっかりよこすようになって……！』

『リーヴィ……』

彩糸が困ったように首をかしげた。

『それではソルヴァンセスは……いえ、殿下は……？』

そう言い換える美しい護り手に、リーヴシェランはかすかに複雑そうな眼差しを向けた。

彼女にとって、目の前の女性は最愛の護り手であることに違いはないが、それが以前実の姉であったことを知って以来というもの、ときおりどう反応していいのかわからなくなるようになったのだ。

マーセルヴィンス姉さま……。

魅縛の能力を持つがゆえに、祖国で孤立していた幼いリーヴシェランの、たったふたりの大切な理解者のひとり——歳の離れた美しい姉……。

突然にその姿が消えたとき、どれほど嘆《なげ》き悲しんだことだろう。

友としてつきあっていた魔性《ましょう》たちに、捜してくれるよう何度も頼んだ。彼らも一所懸命《けんめい》捜してくれたのだが、姉の行方《ゆくえ》は杳《よう》として知れなかった。

悲しくて、苦しくて……あのころ、もうひとりの理解者である兄ソルヴァンセスがいなければ、心が破れていたかもしれない。

そんなときに、彩糸が来てくれた。

魅縛《みばく》の力を放ったわけでもなかったのに、彩糸は最初からリーヴシェランを護《まも》ると言ってくれた。自分が琴《こと》を弾いたあとで魔性の『友達』が増えることには気づいていたから、彼女は正直首をかしげもした。

けれど、すぐにそんなことは忘れた。

彩糸がそばにいてくれると、いなくなった姉が戻ってきてくれたような安堵《あんど》を覚えたからだった。

お姉さまみたい……。

当時はそう思っていた。いや、十年近く、そう思いつづけていたのだ。

本当に、戻ってきてくださったのよね……。

なぜ、気づけなかったのだろう。

紫紺《しこん》の妖主《ようしゅ》によって人形に変えられながら、それでも自分を守るために戻ってきてくれたというのに……それほどに自分を愛してくれていたのに、外見が違うぐらいのことで、どうして自分は気づくことができなかったのか。

そのことが悔《く》やまれる。気づきさえしたら、きっとこんな風に困惑することもなかっただろうに……そう思うと、自分の未熟さが情けない。

彩糸がマーセルヴィンス姉さまで……けれど、あたしのなかではもう、彩糸は彩糸でしかなくって……。

『彩糸……』

これまで、何度も尋ねかけて、けれどそうする勇気が持てなくて放つことができなかった問いを、リーヴシェランは口にした。

『あたしが……彩糸って呼ぶのはイヤではない？　その……彩糸は本当はあたしのお姉さまなのだし、その名前だって、無理やりにつけられたものなんでしょう……？　あたし、彩糸がやさしいのをいいことに、彩糸を傷つけてるんじゃない？　もしイヤなのなら……』

目の前の存在は、リーヴシェランにとってはやっぱり彩糸でしかない。

けれど、それは妖主によって歪められた姿であり存在なのだ。

彩糸が、漆黒《しっこく》の瞳を大きく瞠《みは》った。

リーヴシェランがこんなことを言いだそうとは想像もしていなかったのに違いない。

『リーヴィ……』

かすれる声でかつて妹だった少女の名を口にした彩糸は、けれど次の瞬間ふわりと微笑《ほほえ》み、ゆっくりとリーヴシェランの隣に立った。

その優美な指が少女の金の髪を撫《な》でる。

『あれ以来、あなたがときどき、なにか考えこんでいたのは気づいてましたが……ずっと、そのことを悩んでいたのですね。ごめんなさい……そうして、ありがとう。けれど、気に病《や》むのはやめてください。いまのわたしは彩糸でしかなく、あなたがそう呼んでくれるのが、とても嬉《うれ》しいのですから』

『だけど……』

やさしい、やさしい声であり言葉だった。

『リーヴィ……一度起こってしまったことは、なかったことにはできませんよ。過去を変えることは……決して誰にもできません』

できません、と断言する前に、微妙な間があったが、このときリーヴシェランはそのことに気づけなかった。

『それに、起こってしまったことの、悪い面ばかり見てはいけません。わたしが以前の身の上のまま時が流れていたら、わたしは早晩あなたのそばから離れなければならなかったに違いないのですからね』

恐らくは他国に嫁《とつ》ぐことになっていたでしょうから、あなたを連れていくわけにはいかなかったでしょう？

にっこり笑ってそう問われてみれば、確かにその通りだった。

美貌《びぼう》で知られるカラヴィスの第一公女《こうじょ》とあれば、いつどんな縁談が持ち上がりまとまったとしてもおかしくはなかったのだ。そうなったとき、当然のことながら、リーヴシェランは愛する姉と離れ離れになったはず……だ。

もしもそうなったなら、きっとあのころの自分なら、泣いて姉を引き止めようとしたに違いない。離れるのはいやだと、そばにいてくれなければいやだと、きっと泣いて縋《すが》っていたに決まっている。

『けれど……愛するひとと出会って、幸せな家庭を築くことだってできたはずなんだわ……姉さまが、人間のままであったなら……』

紫紺《しこん》の妖主《ようしゅ》の気まぐれのせいで、人形などに存在の形を変えられることがなかったら。

言っても詮《せん》ないことだ、わかっている。

それでもやり切れなかった。

『リーヴィ』

彩糸はやさしく言い含めるように告げた。

『恋なら……出来たわ。この身が人形に変じようとも、誰かを愛することはできたわ。人形と呼ばれる身となろうとも、心は昔と大して変わったわけではないわ……だから、わたしのために嘆《なげ》くのはやめて、リーヴィ。変化したからこそ、わたしはあなたのそばにいられるようになったのだし、こうなったからこそ、あなたを守る力を手に入れることができたのだから。わたしがいま幸せなのか不幸なのか、決めるのはあなたではないことだけはわかってちょうだい』

そう言われても、リーヴシェランは釈然《しゃくぜん》としなかった。

だってお姉さまの身に降りかかった不幸は大きすぎるとしか思えないわ。

その思いは、きっと顔に出ていたのだろう。

彩糸は困ったように苦笑して、やさしい声で言葉を紡《つむ》いだ。

『いつか、あなたにもわかるときが来るでしょう。ああ、いいえ……そんなときは来ないに越したことはないのかもしれない。あんなに苦しく、あんなに切ない想いなど、出来ればあなたには味わわせたくはないから……』

本心からの言葉とわかる声であり口調だった。

首をかしげたリーヴシェランの頭を、彩糸がもう一度、やさしく撫《な》でた。

『リーヴィ……あなたが大切で愛しいわ……だから、あなただけは……願わくば、あなただけは……どうか……』

惜しみない自分に向けられる愛情とともに、彩糸がリーヴシェランを抱きしめる。

けれど、声だけがどんどんと薄れていく。

聞こえない……よく聞こえないわ、彩糸、なんと言っているの？

必死に訴えるのだけれど、彩糸の声は小さくなっていくばかりだった。

彩糸……彩糸!?　なにを言っているの!?　聞こえない……聞こえないの!　もっと大きな声で話して!　お願いだから……彩糸……!

「彩糸!」

自らの叫びでもって、リーヴシェランは目覚めた。

浮城の……自分に与えられた寝室だった。

あ……昔の……夢を見ていた……?

それは、三年近く前の記憶――。

どうして、いまごろ……?

あのころの記憶を再現するような夢をみたのか――。

胸がばくばくと脈打っていた。

本当に、どうしていまごろ……?

あんな夢を見るほどに、心が不安定になっているのだろうか?

自問したリーヴシェランは、そうかもしれない、と思った。

ラスは……もう、浮城にいない。

命をかけて、兄のソルヴァンセスを救ってくれた……いや、自分の命をも満身創痍《まんしんそうい》になりながら救ってくれた破妖剣士《はようけんし》は、もうここにはいないのだ――浮城の情報網《もう》を以《もっ》てしてすら足取りを摑《つか》めない状況にある。

それを助けているのは彼女の護《まも》り手《て》である柘榴《ざくろ》の妖主《ようしゅ》で……だから、それは無理もないことだと一部で認めてはいるのだけれど。

邪羅《じゃら》も……いなくなってしまった……。

子供なのか大人なのか、まったく摑めない反応をする魔性《ましょう》——人間としか思えない、そばかすだらけの顔でにしゃっと笑うかと思えば、信じられないほどの美貌《びぼう》でもって自分を容赦《ようしゃ》なくこき下ろしたり、そのくせ自分が癇癪《かんしゃく》を起こすと、子供みたいに文句を投げつけてくれたりして……本当に、本当に摑み所のない……白焰《はくえん》の妖主と紫紺《しこん》の妖主の間に生まれた純血種。

サティンとセスランはいる。

ラエスリールの養母であり、この浮城の最高責任者であるマンスラムとも親しくなった。

けれど、この胸にぽっかりと空いた、穴のような喪失感《そうしつかん》は、いったいなにに起因したものなのか。

せっかく、大切なものを見つけたと思ったのに……！

そうと認識した瞬間から、喪失が始まったような気がしてならない。

イヤよ……イヤだわ。これ以上……。

失うのは。

そう思ったときのことだった——闇に包まれた室内に、やわらかな橙色《だいだい》の光が射しこんできたのは。

「リーヴィ？」

燭台《しょくだい》を手に、覗《のぞ》きこんできたのは虹色の髪の美しい女性だった。

ほっと息をつき、リーヴシェランは相手の名を口にした。

「彩糸……」

「どうしました？　なにか異常でも……？」

心配げに問いかけられて、リーヴシェランは急に自分が恥ずかしくなった。

もっとしっかりしなければ——と、心に誓ったはずだというのに、彩糸に心配ばかりかけていてはいけないと、固く心に決めたはずだというのに、こんなにも簡単に綻《ほころ》んでしまう。悪い夢を見たぐらいのことで、彩糸に心配をかけてしまう。

自分は彩糸に甘えすぎているのだ。

「ごめんなさい……昔の、イヤなことを夢に見てしまって……それだけなの。多分、今日届いた相変わらずの手紙のせいだと思うんだけど……心配かけて、ほんとに御免なさい。もう大丈夫だから……」

そう言うと、彩糸は「本当に？」とでも言いたげな視線を投げかけてきたが、事実そうだったので、リーヴシェランはこくんとうなずいた。

「ええ、大丈夫よ」

彩糸はそれ以上、突っこむことはなかったが、リーヴシェランの「大丈夫」を真に受けて、姿を消すこともしなかった。

「なら、リーヴィが眠るまでそばにいましょう」

燭台《しょくだい》を手にしたまま、彩糸はリーヴシェランの寝台のそばに近づいてきた。

リーヴシェランが顔を顰《しか》めて抗議する。

「彩糸、あたしだっていつまでも暗闇を怖がる子供じゃないんだから……」

「知ってますよ。だからこれはわたしのわがままです……可愛《かわい》いリーヴィが眠るまで、そばにいて見守りたいだけなのですから」

本当に、彩糸は口がうまい、とこのときリーヴシェランは思った。

自分に負担をかけないように、彩糸はいつも先回りする。

だからつい、甘えてしまう。縋《すが》ってしまう。

「彩糸は……あたしに甘すぎるわ」

そう告げたリーヴシェランに、彩糸はえもいえぬ微笑で応じただけだった。

嵐は、もう、すぐに訪れるというのに。

ふたりとも、それに気づくことはできなかった。

そうして——。

嵐は——。

来た。

※

「浮かない顔しちゃって、どうしたの？」

そう声をかけられたのは、翌日の昼食どきのことだった。

好物の野菜と肉のクリーム煮こみを前に、食が進まぬ様子を見せていたのだから、親しい間柄の人間が心配するのも無理からぬことではあったが。

「サティン」

顔を上げると、こちらは汁麵の上に、たっぷりの炒《いた》め野菜を乗せた丼《どんぶり》と箸《はし》を持って、けっこうな美人の捕縛師《ほばくし》が立っていた。

「隣、いーい？」

昼どきということで、けっこう食堂はこんでいたが、ほかに席が空いていないわけではない……ということは、やはり自分を気づかってくれているのだろう、とリーヴシェランは判断した。

どうぞ、と答えてふう、と息をつく。

相手をさらに心配させるつもりはなかったのだが、気心の知れた友人がそばにいればいるだできた。


け、つい本音は出てくるものだ。

「まあ、思わしげなため息だこと」

両手をあわせて「いただきます」とつぶやいた後、サティンが悪戯《いたずら》っぽい笑顔で突っこんできた。

「どうしたの、いったい？」

問われてリーヴシェランは肩をすくめた。

「そんな意味深長《しんちょう》なものじゃないわ。単に憂鬱《ゆううつ》な定期便が、また大量に送りつけられてきたってだけの話よ」

それだけで、サティンはリーヴシェランの言わんとするところを正確に理解したらしい。

「あら、まあ……皆さん、熱心なこと。律儀《りちぎ》にお返事なんか書いてたら、腱鞘炎《けんしょうえん》になること請《う》け合《あ》いね」

くすくすと可笑《おか》しそうに笑いながら、サティンはさりげなく意地悪いことを言ってくれる……人当たりがよく、世話好きなこの捕縛師が、実のところ、少々どころでなく口が悪いことは、親しくつきあうようになってほどなく思い知らされたが、もう少し加減してくれると嬉《うれ》しいと思わないでもない。

「返事なんか書くものですか」

書いていたらきりがないし、万が一下手《へた》な期待なぞ抱かれては目も当てられない。

なしのつぶてで通して早三年——にも拘《かか》わらず、あきらめようとしないしつこい連中が相手なのだ。

「それでも手紙を送りつづけるだなんて、皆さん根性入っているわねえ」

あくまで他人事《ひとごと》とばかりに、サティンがくすくす笑いながらそう告げた。

「あいつらが欲しいのは、あたし本人なんかじゃなくて、あたしの子供の父親になる権利だもの……あたしを射止めたら次期大公《たいこう》の後見役《こうけんやく》になれるだなんて、勝手に期待して勝手に熱をあげてるようなやからの相手なんかしてられるものですか」

吐き捨てて、リーヴシェランは再びため息を洩《も》らした。

思い出したせいで、すっかり食欲がなくなってしまった。

発端《ほったん》は、三年前、カラヴィスで起こった事件だった。

原因不明の病《やまい》を得て、次期大公であるソルヴァンセスが衰弱の一途《いっと》をたどっていると聞き、リーヴシェランは兄の見舞いという形を整え、祖国へ戻った——実際は、魔性絡《ましょうがら》みの事件かどうか調査し、もしそうであれば解決するために。

カラヴィスからの浮城への正式な依頼だったのだ。

そうして数年ぶりに戻った祖国で、リーヴシェランはさまざまなことを知った。色々な経験をした。死を覚悟するほどの危険にも見舞われた。

そこで知ったことのひとつが、兄ソルヴァンセスと妖貴《ようき》佳瑠《かる》との真剣な恋だった。

なぜ兄が、自分の命を縮めようとする魔性と知りつつ、彼女を愛したのかわからない。当時はもちろん、いまでも理解することはできない。

自らの恋に殉《じゅん》じて、ソルヴァンセスは助かるはずの自身の命を擲《なげう》とうとさえしたのだ——愛する女性の命の終焉《しゅうえん》を間近に感じたそのときに。

結局ソルヴァンセスの命は助かったが、彼の心は彼女に永遠に奪われたのかもしれない。彼は回復すると同時に、幼いころから決められていた婚約を破棄《はき》し、生涯《しょうがい》妻《めと》は娶らぬと誓言《せいげん》したのだから。

一国の統治者《とうちしゃ》となるべきひとが、決して口にしていい言葉ではなかった。幼いころから帝王学を叩きこまれてきた兄のことだ——それがどれほどに愚《おろ》かしいわがままであるのか、骨の髄《ずい》から知っていたに違いない。それでも……彼はその誓いを撤回《てっかい》しようとはしなかった。廃嫡《はいちゃく》される危険さえ、彼の心を翻《ひるがえ》させることはできなかった。

愚かしい選択だった。

治世者となるべく生まれ、育った者に許されるものではない。

それでもリーヴシェランには、兄を責めることができなかった。

佳瑠とソルヴァンセス——ふたりの恋の極限状況下における顚末《てんまつ》を、目《ま》の当たりにしてしまった彼女は……自分はなにも言えないと、言う権利などないと悟ってしまったのだ。

恋は怖い……。

と、そのとき思った。

義務も命も未来さえも――すべてを燃やしつくすあの激情……！

兄の心の一部は、確かに佳瑠の死とともに、永遠に凍りついてしまったのに違いない。そうしてあまりにも佳瑠への想いが強いがゆえに、そうしてそのやさしさゆえに、彼は心を決めたのに違いないと思うのだ。

決して愛せぬとわかっている相手を、迎えることで不幸にはできない――と。

佳瑠は……ソルヴァンセスを道連れにしないことで、確かに永遠の愛を手に入れたのかもしれない。彼女が真実、なにを想い、なにを望んでいたかはわからないけれど。

ただ、この一件が原因で、リーヴシェランが面倒に巻きこまれてしまったのは事実だ。

廃嫡《はいちゃく》されることはなかったが――まあ、ソルヴァンセスの気がいつ変わるかもしれないとの期待を胸に、せっせと年頃の娘を彼に引き合わせようとする家臣たちもいまだにいるわけだが――万が一、彼が本当に生涯《しょうがい》を独身で貫《つらぬ》いた場合に備え、『次期大公《たいこう》』の最有力候補の『母』として、リーヴシェランの存在が浮かび上がったせいだ。

マーセルヴィンスの生存の可能性は限りなく低く――真実はリーヴシェランも知るところだから波風を立てようとは思わないが――しかも、カラヴィス大公は大変な愛妻家で、他国では常識とされる側室《そくしつ》、あるいは妾妃《しょうひ》と呼ばれる存在をひとりとして持っていなかった。

結果として、庶子《しょし》の存在はなく、正当なる大公家の血を引く者は、大公そのひとを除けばソルヴァンセスとリーヴシェランのふたりきりなのだ。

加えて分家と称される一族の数も少なく、しかも近しいとはお世辞《せじ》にも言えないありさま。魔性《ましょう》を呼び寄せるという、『忌《い》み姫《ひめ》』の異名《いみょう》を持つとはいえ、リーヴシェランは直系であり、しかも決まった相手のない絶好の存在だと見なされてしまったのだ。

本人の、偽《いつわ》らざる本音としては、いい迷惑だわ……、の一言に尽《つ》きるわけだが、周囲はそうは見てくれない。

さらに、彼女自身の成長が、本人としては不本意だろうが、周囲の熱狂に拍車《はくしゃ》をかけた。

もともと美しい少女だったリーヴシェランだが、十六となったいま、金の髪も真白の肌のつやも肉体の描く輪郭《りんかく》も……かーなーりー、眼福《がんぷく》をもたらすものになりかけている。

いちいち手紙を携《たずさ》えてくる使者全員と対面するわけではないのだが、宮廷流儀《きゅうていりゅうぎ》そのままに、浮城の住人たちから情報をせっせと集めて主人に伝える文使いたちのおかげで、浮城に身を寄せておりながら、けっこう窮屈《きゅうくつ》な状況は整えられつつあるのだった。

「鬱陶《うっとう》しいったら……」

憮然《ぶぜん》として洩《も》らした言葉に、サティンはあくまで他人事《ひとごと》のような答えを返してくれた。

そのことにちょっとむかっとするものを感じて、リーヴシェランは先輩の捕縛師《ほばくし》を軽く睨《にら》みつけた。

「面白がってないで、なにか知恵、貸してくれない……？」

それに対するサティンの答えは簡単明瞭《めいりょう》。

「心に決めたひとがいるって、答えちゃったら？」

本気とは到底思えない、悪戯《いたずら》っぽい笑顔に、リーヴシェランはついむきになってしまった。

「どこに、そんな相手がいるっていうの……っ!?」

簡単な言い逃れをして、それであきらめてくれるようなやからなら、かえって害はないのだ。

だが、自分がそんなことを口にしようものなら、どこまでも事実関係を洗いなおして、でまかせだったら「嘘ですね」と切りつけ、気配があったら自分より先に関係筋に脅《おど》しやら取り引きを申し出て、諸事問題なしの状況を作り上げた挙げ句に――「そのような事実は確認できませんでした」とかなんとか、厚顔無恥《こうがんむち》にもあっさりと、言い切って押し切るようなやからばっかり揃《そろ》っているのはわかりきっているのだ。

そのあげく、統治者《とうちしゃ》の一族に生まれた者の義務を忘れて……とかなんとか言われて、気がついたら顔も知らない相手と婚儀《こんぎ》――とかなんとか、ああ、あのひとたちのやり方ってば、ある意味わかりやすすぎるわ。

けれど、それを狙う相手が多すぎるから、対処は簡単ではない。

「面倒くさいことばっかりだわ……」

「そうねえ、確かに……」

ちゅるちゅるちゅるっ、と麺《めん》をすすりながらサティンがうんうん、とうなずいた。

あまりの真剣みのなさに、思わずリーヴシェランは問いかけてしまった。

「もしかして、サティン……悪趣味にもあたしがいま置かれてる状況、楽しんでたりしないでしょうね？」

ごふっと、サティンが麺を喉《のど》につまらせたのは次の瞬間だった。

慌《あわ》てて水やら汁やらを喉に流しこみ、ようやく落ちついてから彼女は「そんなはず、ないじゃないのー」と返してくれたわけだが……あまりといえばあまりなタイミングに、リーヴシェランは素直に信じることはできなかった。

類が友を……って言葉だけは、絶対認めたくはないわね。

心の奥底からそう思いながら、リーヴシェランはクリーム煮こみを盛った皿に目を落とした。すっかり冷めきった料理の表面には皮膜《ひまく》ができていて、それをつつきながら彼女はもう何度目になるかもわからないため息を洩《も》らした。

午後は……久しぶりの教練《きょうれん》だわ……。

体得した技術や知識が鈍らぬように、浮城では三ヵ月から半年に一度、実技もあわせた復習が義務づけられている。もっともこれは、魅縛師《みばくし》専用の規則と呼んで差し支えない。なぜなら受講義務のある者は、過去一年実戦経験を積まなかったという条件付けがなされているためである。

どれほど平穏な時代であっても、捕縛師《ほばくし》や破妖剣士《はようけんし》が一年以上仕事を割り振られないことはまずないことだから——破妖刀紅蓮姫《はようとうぐれんき》に選ばれたラエスリールが、実に二年以上仕事を得られなかったのは、誰も護り手《まもりて》についてくれない事情があったにせよ、充分異常な事態ではあったのだ——。

つらつらとそんなことを考えて、リーヴシェランはひとつの可能性に気づいた。

もしかしたら、自分の態度ばかりでなく、その教練《きょうれん》のことまで気を回して、サティンが声をかけてくれたのではないか——という可能性に気づいたからだ。

ものすごーく、悪戯《いたずら》好きで、他人をからかうのが三度の飯より好きってぐらいには性格、癖《くせ》がありそうだけど……その割に、面倒み、いいし……サティンってば……。

本人が聞けば目を剝《む》くようなことを思いながら、リーヴシェランはサティンの双眸《そうぼう》を見つめてにっこり笑った。

先輩筋にあたる捕縛師の双眸に宿る光は、どう頑張っても読み解くことはできない。

けれど、自分を心配して、案じてくれていることだけははっきりとわかったから、くしゃっと顔を顰《しか》めて礼の言葉を口にした。

「ごめんなさい、心配かけちゃったみたいで……でもって、ありがとう」

サティンがにっこり笑顔で切り返してきた。

「まあ、なんのことかしら？」

こちらに負担をかけまいという思いやりかもしれないとは思ったものの——。

単に他人で遊びたいだなんてこと考えてるんじゃ……？

ちらりと脳裏に浮かんだ可能性は、結局のところ確かめることはできなかった。

簡単に心中を読み解けるほど、目の前の美人捕縛師は単純な精神構造の主ではなかったのである……。

2

教練《きょうれん》の内容は、毎度のことながら退屈なものだった。

魔性《ましょう》に対峙《たいじ》する場合の心がまえや精神集中の方法、心を乱さぬための瞑想《めいそう》法などなど、資格を取ったばかりの者ならともかく、義務的に半年に一度、必ず講義を受けているリーヴシェランにとっては『耳にタコができる』内容ばかりだった。

奢《おご》るなかれ、怠惰《たいだ》に浸《ひた》ることなかれ。

講義の趣旨《しゅし》はよくわかる。特に魅縛《みばくし》師は捕縛《ほばくし》師や破妖《はよう》剣士のように実戦に赴《おもむ》くことは稀《まれ》であり、心に隙《すき》ができやすい。

ただでさえ選民意識を抱きやすい浮城《ふじょう》という環境にあって、特にその罠《わな》に陥《おちい》りやすい存在である魅縛師に、半年に一度とはいえ、徹底的にそのことをたたきこむ教練の意味を、リーヴシェランは真摯《しんし》に受けとめてはいたのだ——三年前の事件がなければ、無意味だと断じていたかもしれないが。

魅縛師はほとんど滅多に、いわゆるところの前線に身を置くことがない。

その能力は魔性と対決するものではない。敵対しているはずの魔性を魅了し、捕らえ、自分の味方に変えるものだ。浮城に籍《せき》を置く者のなかでも、異質と呼べる才能の持ち主ばかりだ。

だからこそ、魅縛師は奢りという罠に陥りやすい。

自分たちは相手を殺したり封じることなく、魔性を従えることができる。その能力を持っている。自分たちは、魔性さえも凌駕《りょうが》する特別な力を持つ存在なのだ――と。

かつてのリーヴシェランもそうだった。

自らの髪を琴《こと》の弦《げん》とし、それを爪弾《つまび》き魔性を捕らえていた。

捕らえられた魔性は、絶対的な好意と忠誠をリーヴシェランに誓う。だからこそそうなるまいとの抵抗は激しかった。そんな相手をねじ伏せるように、琴を爪弾くのは確かに大変で、支配下に置くことがたやすかったことなど、確かに一度たりともなくて……。

けれど、三年前のリーヴシェランは、魅縛さえしてしまえば、たやすく膝《ひざ》を折る相手にしか出会ってはいなかった。魅了してしまえば、たやすく支配できる相手しか知らなかった。

魅縛された事実を受け入れ、それがどうにも許せないと……人間などに惹《ひ》かれた自身が許せないと、そのために力を紡《つむ》ぐ上級魔性――妖貴《ようき》と接触したことなどなかったのだ。

佳瑠《かる》は笑った。

『許せないね……許せない。お前の爪弾く琴の音が、わたしを惹きつける……到底、許すことはできないね、そんな存在など！』

あの瞬間の恐怖を、リーヴシェランは到底忘れることができない。

魅縛《みばく》されてすら、強大な魔性《ましょう》は、その支配を断ち切るだけの力と意志の強さを併《あわ》せ持っているのだ。

恐ろしい——の一語に尽《つ》きる。

けれど、その事実を他人に伝えるのは難しい。

魅縛師として認められた自らに対する自信は、以前の自分を振り返るまでもなく際限なく肥《ひ》大《だい》化しており、誰かに言われたからといって、素直にうなずけやしないことはなにより自分でわかっているからだ。

魅縛師は浮城に護《まも》り手《て》をもたらす稀《け》有《う》なる存在——。

その護り手が魔性の世界においては取るに足らない存在でしかないと……人間は所詮《しょせん》、力溢《あふ》れる魔性の手にかかればひとたまりもないのだと……。

浮城は決して認めることはしないだろうし、また、できないだろう。

それを認めてしまったら、あらゆる人間は希望というものを失ってしまう。

この世界に生きているすべての人間の心を絶望の闇に陥《おとし》れないためにも、浮城はいかなる魔性にも対抗できる能力者の集《つど》う組織であるのだと、主張しつづけるしかないのだ。

なんて……世界は綻《ほころ》びだらけに出来ているのかしら……。

半ば偽《いつわ》りによって保たれつづける浮城の権威——その土台さえ知らぬくせに、抱きつづける虚《うつ》ろな自信。

このままで、いいはずがないのに……。

けれど、ならばどうしていいのかはリーヴシェランにもわからない。事実をありのままに打ち明ければ、浮城は大混乱に見舞われることだろう。それは好ましい事態ではない。妖貴《ようき》たちの干渉《かんしょう》が強くなりつつあるとはいえ、世界に騒ぎをもたらす事象の多くは……いや、ほとんどは、いまだに妖鬼《ようき》たちによるものなのだから。

まったく……どうしたらいいんだか……。

ふう、と『耳タコ』状態のお決まりの講義の切れ間に、ため息をついた彼女は、偶然にも同じタイミングで思わしげな吐息を洩《も》らした同僚《どうりょう》の存在に気がついた。

席をふたつほど隔《へだ》てたところで、深い、深い息をついたのは、さほど親しくつきあっているわけではないが、同じ能力を持つ者として、何度も言葉を交わした同性の……ふたつ年上の魅縛師だったのだ。

確か『歌声』のみに魅縛の能力が宿るとされるひとではなかったか……。

琴《こと》を弾くことで魅縛するリーヴシェランの能力と、歌う声で魔性を捕らえる彼女のそれをよりあわせてはどうかと、浮城の上層部が考えたことによって、一時期行動をともにせざるを得なかった相手だった。

結果としては、性格的な相性が最悪で、上部の目論見《もくろみ》は水泡《すいほう》と帰《き》したわけだが。

なんだか……そわそわしてるわね、珍しい。

相性の悪さを浮城中枢《ちゅうすう》が認めるだけあって、リーヴシェランはその相手——ガリヴァラのことが大嫌いだった。相手にしてもそれは同じことだろうと、リーヴシェラン自身、信じて疑っていない。

嫌いな相手のことを気づかってやれるほど、リーヴシェランの心は広くない。

とにかく、リーヴシェランにとってガリヴァラほど相性《あいしょう》最悪な相手はいなかったし、それは向こうにしても同じだと確信できるほどには互いを嫌いあっていたのだ。

ただ、そこまで互いに嫌いあっていれば、どうしたって気づくことはある。

なんだか、様子が変だわ……。

そわそわと、落ち着きがない。どうにもガリヴァラらしくない。

しかも、周囲に向ける眼差しには、傲慢《ごうまん》なまでの『わたしは強い！　わたしは偉い！』としか表現しようのない強烈な意志の力が感じられない。

いったい……どうしたというのかしら……？

内心首をかしげたリーヴシェランは、結局もやもやする気持ち悪さに我慢できず、ガリヴァラに話しかけた。

「ずいぶんそわそわしてたみたいだけど、いったいどうしたわけ？」

と——。

互いに敵視しあっている間柄である。

すぐさま威勢のいい反論が返ってくると確信していたリーヴシェランの予想を違《たが》えて、年長の少女は意外なそれを見せた。

「奈支夭《なしか》を……奈支夭を見なかった!?」

問われてリーヴシェランは困惑した。

奈支夭とは、ガリヴァアラの護《まも》り手《て》の名前だったからだ。

「見てないけど……」

リーヴシェランは覚えた疑問をそのまま口にした。

「もしかして……行方《ゆくえ》がわからない……の……？」

からから響きは消えていた。

浮城の住人にとって、護り手は特別な存在なのだ。ある意味家族以上に身近な相手だ。一度結んだその関係は、まず解消されることがない。両者の間には強い結びつきがあり、護り手のなかには、選んだ相手の死とともに、自らの寿命を放棄《ほうき》する者もいると言う。

理屈ではないのだ。かけがえのない、ただひとりの相棒なのだ。

リーヴシェランと彩糸《さいし》は、ある意味特殊な関係ではあったが、それでも互いを大切に思う心は、ほかの面々も同じだろうことはわかっている。

思い出す……三年前、カラヴィスで突然彩糸の姿が消えたときのこと。

いても立ってもいられなかった。震えるほどに恐ろしかったけれど……それでも、彩糸を取り戻すためであれば、紫紺《しこん》の妖主《ようしゅ》の城に赴《おもむ》くことさえ迷わなかった。心底から恐怖していたのに、それでもあのとき、自分の心に迷いはなかったのだ。

彼女も、きっとそうなんだわ……。

好意などかけらも抱いていない相手だったが、きっとあのときの自分と同じほどの焦燥《しょうそう》を覚えているに違いない少女に、同情ではなく共感を覚えて問いかけた彼女を前にして、ようやくそれがリーヴシェランだと認識したのか、ガリヴァラはかっと顔を赤らめた。

「あなたには関係ないでしょうっ⁉」

きっぱりと、はっきりと、拒絶されてリーヴシェランは言葉を失った。

「ご、ごめんなさい……」

思わず謝ってしまった彼女は、不吉な予感を覚えたがゆえに、ガリヴァラに対して罪悪感を抱いたのだ。

もしかしたら……もう……。

そんなことを思ってしまった自分が信じられず、リーヴシェランはガリヴァラから逃げ出した。

どうして……いったい、なぜ、あんな思いが浮かんでしまったのかしら……⁉

答えを見つけるために、リーヴシェランは一所懸命《けんめい》に考えた。

けれど答えは見つからず、彼女が直感したことは後に重すぎる現実となった。

ガリヴァラの護《まも》り手《て》である奈支夭の姿は、二度と浮城内で認められることはなく――そうして歌声でもって魔性《ましよう》を魅縛《みばく》する女性の姿も浮城から消えた。

それは、始まりに過ぎなかった。

大いなる企《たくら》みは、ここからこそ育ちゆくのだ。

ぶるり、とリーヴシェランは身震いした。

怖い、と――。

本気で……心からそう思った。

※

「お客さまをお迎えするのだというのに、こんな恰好《かっこう》でごめんなさいね」

ゆったりとした部屋着に身を包み、訪問者である男にそう告げたのは、四十代の半ばに見える女性だった。

名前をマンスラムという。

長椅子《ながいす》から腰を上げ、訪問者は静かに頭《こうべ》をたれ、丁重な、それでいて棘《とげ》を感じさせる口調で答える。

「いえ……ご療養中にお邪魔いたしまして……」

「そんな大層《たいそう》なものではないのよ……ただ、静かに暮らしていると、体のほうが、これまでためこんできた疲れを解消しようとするものだから……おかげで眠って食べて、食べては眠っての毎日を送っているわ」

ころころと笑う女性はこの浮城第一の存在——城長《しろおさ》である。

だが、その権限は名目上は彼女の療養のためということで、現在彼女の手からは離れている。

奪われた、というほうが正確かもしれない。

彼女は、彼女の養い子であるラエスリールが、ある嫌疑をかけられ、謹慎《きんしん》を命じられていたにもかかわらず逃走したという醜聞《しゅうぶん》のために、そのような憂《う》き目《め》にあっていた。

ある意味、巻き添えである。

だが、彼女の表情は穏やかで、他者に対する恨みの翳《かげ》りは見えない。

それは彼女の性格に因《よ》るものだった。

いかなる局面を迎えても、マンスラムは決して他人のせいにはしない。誤解や虚偽がもとで、自身が不利な立場に追い詰められようとも、彼女はそれが結局のところ、自分自身の判断と選択のもたらしたものであることを理解していた。

釈明はする。相手の言葉の内容いかんによっては反論も口にする。

だが、彼女は決して責任を他者に押しつけようとはしない。

それは、潔《いさぎよ》い態度だ。

そのことを知るからこそ、訪問者であるアーヴィヌスは……彼女からはぎ取られた権力を一時的に与えられた、現時点における浮城の最高権力者はこうべをさげるのだ。

「御療養中の身であられること、知りつつも相談に乗っていただきたく、本日駆けつけました」

「まあ……」

と、浮城における最高の立場にある者にしかとることの許されぬ礼を示したアーヴィヌスに、マンスラムが困惑もあらわに目を瞠《みは》る。

言ってはなんだが、自分は現在疑惑の渦中《かちゅう》にある人物と見なされているはずなのだ。ラエスリールにかけられた嫌疑はいまも晴れてはおらず、その養母である自分には、その彼女の逃亡に手を貸した疑いがかけられている。

ラエスリールの出生の秘密については、浮城の中枢《ちゅうすう》に位置する面々はみな事情を知っている。下手《へた》に隠したところで、彼女の放つ人間としてはいささか異質な気配は独特で、早晩誰かが気づくに違いないことを悟ったマンスラムが、浮城に迎える際に周囲に打ち明けていたからである。

当然、猛反対の嵐が起こった。

半人半妖《はんじんはんよう》の子供を浮城に迎え入れる——あまりにも危険な選択だった。世間に知れれば、浮城の権威もひとびとの浮城に向ける信頼も失墜《しっつい》するのは目に見えていた。しかもただの魔性《ましょう》の子ではない。世界に五十人いるかどうかという上級魔性——さすがに、彼女の父親が妖主《ようしゅ》であることはマンスラムも打ち明けることはできなかった——の血を引く子供とあっては、みなが反対するのは仕方のないことだった。

だが、結局彼らがうなずいたのは、マンスラムの強い推薦《すいせん》と、彼女を見いだしたセスランの報告、及び彼女の母親が行方《ゆくえ》知れずとなっていた前城長《しろおさ》のチェリクであったという事実ゆえだった。

チェリクは、浮城の長い歴史のなかにあって随一《ずいいち》と見なされる魅縛師《みばくし》だった。魅了眼《みりょうがん》という稀《け》有《う》の力を持って生まれた彼女に、魅縛できぬ魔性はないとまで謳《うた》われた女性だった。あいにくとラエスリールの瞳は、彼女の翡翠《ひすい》にも緑柱石《りょくちゅうせき》にも似た色彩を受け継いではいなかったが、魅縛の能力が別の形として受け継がれていないとも限らず、浮城の主《おも》だった面々は、その可能性に期待したのだ。

だが、もちろんそれだけではなかった。

浮城の最高責任者であった人物が、絶対の敵であるはずの魔性とまじわり、子までなしてしまったという事実は、決して外に洩《も》らすわけにはいかない極秘事項だった。外の世界に放っておくわけにはいかない危険な存在——抹殺《まっさつ》するか、浮城に取りこみ利用するか、道はふたつにひとつだった。いや、すぐにも抹殺すべきだと、浮城の中枢《ちゅうすう》に据わる面々は主張した。

マンスラムとセスランの尽力《じんりょく》があったとはいえ、彼らが迷い、その果てにラエスリールを認めたのは、彼女が母親から受け継いだかもしれぬ魅縛の能力のせいだった。

そう、引き取られた当初、浮城が彼女に求めていたのは魅縛師としての高い能力を持っているかもしれないという可能性だったのだ。

もっともラエスリールのその能力は長く開花することはなく――セスランは、彼女が魅了眼の持ち主であることをマンスラムに伝えてはいたが、それが訓練でどうにかなるものではないらしいという私見もつけ加えていたので、マンスラムは周囲にも秘めておいたわけだが――仕方なく中枢は捕縛《ほばくし》師の修行を彼女に積ませた。

性格や情緒《じょうちょ》の面において、かなりの問題を抱えていたラエスリールは、しかし技術や知識を吸収するのは早く、十を過ぎて浮城に入ったにも拘《かか》わらず、ほんの二年足らずで捕縛師の資格を取るに至ったのだ。

もっともその後、いかなる運命の悪戯《いたずら》か、半ば封印されたも同然の状況にあった浮城最強の破《は》妖刀《ようとう》――紅《ぐ》蓮姫《れんき》に使い手として選ばれてしまったわけだが。

あまりにも特異な才を、彼女は持ちすぎていた。

ひとりの人間が背負うには過大なまでの資質と能力が、ラエスリールを周囲から孤立させ、その稀有《けう》なる可能性ゆえに、浮城は彼女の生存を許した。

だが、彼女は同時に魔性《ましよう》の血を引く危険な存在でもあった。

強大なる力と可能性を秘めた半人半妖《はんじんはんよう》の少女——浮城の中枢《ちゆうすう》は、彼女に高い利用価値を認めると同時に、常に不安と恐怖をも覚えていたのだ。だが、それはあくまでごく一部の上層部の人間だけが覚えるはずのものだった。彼らさえわきまえていればいいはずの不安や疑惑は、思いがけない事態のせいで、ほかの一般の浮城の住人にまで広まってしまった。

ラエスリールとそっくりな——正確にいえば、鏡で写したかのように、左右の瞳の色彩がまったく逆の——魔性によって、街が破壊され、派遣《はけん》された浮城の人間が全滅寸前にまで追いこまれてしまった……という事件が起こってしまったせいで。

その疑惑ゆえに、ラエスリールは謹慎《きんしん》とは名ばかりの監禁《かんきん》状態に追い詰められた。

大切な親友の忘れ形見であり、同時に誰より愛しく思う養い子を護《まも》りきれない自身の力不足を、あのとき嘆《なげ》いたことはなかった……と、マンスラムは思い返す。

ラエスリールが結局のところ、浮城から逃げ出したことについても、そうしなければならないだけの事情があったからなのだとわかっている。理屈ではなく、そうせずにはいられない、それをしなければ動かないなにか……運命のようなものが、あの養い子を動かしたのだと……

マンスラムは本能的にわかっていた。

それは、人間だとか魔性だとか、区切って判断できる問題ではなかったのだ。

実際、次に再会したとき、ラエスリールが纏《まと》っていたのが、彼女自身ではなく別の……あまりにも懐かしくも大切な親友——チェリクの肉体であると認識した瞬間、マンスラムは心の底から、運命というものが、養い子に何らかの意志を抱いて、後押ししているのだと確信したのだ……。

けれど、それはどうにも言葉で言い表せることではなかった。

説明すらもかなわない。

敢《あ》えてわかりやすそうな言葉に換えたが最後、嘘くさく耳に聞こえてしまうような……そんな内容……感覚だった。

だから、マンスラムは沈黙を守った。

疑惑のすべてに沈黙で答えた。

彼らは浮城の立場を守るために、『療養のため』という名目で、マンスラムから実権を奪った。

ていのいい監禁状態に彼女を追いこみ、世間や浮城内部の疑惑や不審をそらそうとした——すべてをマンスラムに押しつけることで、気づかれてはまずいことに蓋《ふた》をしようとしたのである。

マンスラムの立場や身の上は、その時点で抹消《まっしょう》されたも同然だった。

浮城にあってはならぬ汚点ともども、存在そのものさえ消し去られたはずの女性のもとに、新たに選出された次代の指導者が訪れ、助言を請《こ》うとはいったいいかなる意味を持つのか。

「よほどに困った事態が持ち上がっているのでしょうね……？」

皮肉ではなかった。

言ってやったところで、良心の呵責《かしやく》などかけらさえ感じないと思っている彼女だったが、自ら抹殺《まっさつ》したも同然の相手に、頭を下げて協力を要請《ようせい》してくるほどの脅威《きょうい》が出現したのだと知られれば、心は穏やかではいられない。

いったい、なにが起こったというの……？

顔に、そんな疑問が浮かんだのだろうか。

アーヴィヌスの表情がかすかに動いた。

「身勝手を承知で、お尋ねしたいことがあり、お目通り願いました」

深々とこうべを垂れて告げるアーヴィヌスの様子に、マンスラムはおや、と思った。

最初の挨拶《あいさつ》こそ、皮肉の棘《とげ》を感じさせる口調だったものの、その棘がずいぶんと鋭さを失ったように感じたせいだ。

自身に向けられる疑惑が、いまだ完全に払拭《ふっしょく》されていないことはアーヴィヌスの表情や気配からすぐにわかる。だのに、彼は皮肉な態度を取りつづけることができずにいる……はたしてその理由はなんであるのか。

焦《あせ》り……？　そう、彼は……彼らは、焦っているのだわ……。

伊達《だて》に二十年以上、城長《しろおさ》を務めてきたわけではない。外交の駆け引きをうんざりするほど繰り返してきた勘はまだ鈍ってはいなかった。

なにか、異変が生じているのだわ……恐らくは、浮城の運営に長《た》けた彼らの手にも余るような事態が……。

だが、それがいったいどのようなことなのか、マンスラムは想像することさえできなかった。謹慎《きんしん》の身では、思うような情報ひとつ拾えやしないのだ。どれほどに解析《かいせき》能力に優れた頭脳であっても、手掛かりとなる情報がないのでは、話にもなりはしない。

「わたくしに、なにを聞くことがあるというの……？」

物憂《ものう》げにつぶやき、マンスラムはどうでもいいことのように問いかけた。

人間というものは、特定の状況にあっては、回さずによい気を……余計な警戒心を抱くものだと知っていたからこそ。

件《くだん》の嫌疑に関して、アーヴィヌスを含む浮城の中枢《ちゅうすう》が、警戒心を自分に対して抱いている可能性を配慮《はいりよ》して、彼女はそう問いかけた。

心は焦りでいっぱいだったのだけれど。

浮城で……ただならぬことが起こりつつある。それは決して彼女には無視できぬ大事だった。

浮城に籍《せき》を置く者は、等しく彼女にとっては家族も同然だった。

肉親だから、すべての者を公平に愛せるわけではない。どうしても気の合わぬ者もいるし、自分が不利になることも省《かえり》みず、庇《かば》いたくなる者もいる。

公人としての立場や義務を心に刻んでも、どうしても感情に偏《かたよ》りは生じる。贔屓《ひいき》と言われてしまえば、そうかもしれないと思ってしまう。

マンスラムは自分が好ましく思う相手が、他者の意図のもとに苦境に陥《おちい》るのはどうにも不快に思えて仕方なかったし、ときに率先《そっせん》して擁護《ようご》の立場に回ったこともある。

城長《しろおさ》としての責任を果たすにあたり、最も効果的な方策が、全員に対して公正であること……だったのなら、マンスラムは自身に真っ先に『失格』の烙印《らくいん》を押さねばならないとさえ思っていた。

それでも……そういった個人的な想いがあったとしても、彼女は浮城を……浮城という組織、そうしてそこに属するあらゆる住人たちを愛していた。

だから、尋ねた。

「なにが……あったの……？」

その透明な愛情をたたえた双眸《そうぼう》を前にして、アーヴィヌスが打ち明けるまでに、約四半刻《しはんとき》の時間が要された。

そうしてアーヴィヌスは、苦悶《くもん》もあらわに「決して明らかにはできぬ事態なのです」と、断りを入れた上ですべてを語った。

隔離《かくり》、監禁《かんきん》されたも同然のマンスラムに対して、言う必要性すらないかもしれぬ口止めの槌《つち》を打たずにおれなかった彼の心を、彼女は彼の語った内容を知って初めて理解した、と思った。

相談の内容は、あまりにも重いものだった。

かつて例のない事態だった。

こうしてマンスラムは、浮城における異常な事態を初めて知らされたわけである。

なるほど、みなが浮き足立つのも道理というわけね……。

彼女にとって、そのような事態は、すでに想像の内であり、いつ起こったとしてもおかしくないと認められる領分ではあったけれど——そうでない者たちが、恐慌《きょうこう》状態に陥りかけてしまっている現在の状況も、彼女には理解できるものだったのだ。

事態は……流れは、忙《せわ》しく動いているということね……。

それがよいことなのか悪《あ》しきことなのか、判断はつかない。

それでも時代がうねりつつ、変化して行こうとしていることだけは、マンスラムも感じ、理解した。

どんな時代が訪れるのかまでは、とても読み解けはしなかったのだけれど……。

3

自らの作品を、彼は苛立《いらだ》ちとともになぎ払う。

「なぜだ……⁉」

かしゃん。

陶磁器《とうじき》の砕《くだ》ける音にも似た響きが空間を満たす。

彼が処分しようと決断する寸前まで、それらはまさしく命をたたえた存在だった。魔力による干渉《かんしょう》を受けたとはいえ、それは確かに生きていた。

たとえ、その干渉によって、本来の姿から外れた、歪んだ道を歩むことになったとはいっても。

だが、いまやそれは生きていなかった。傲慢《ごうまん》にも彼らの命の形を変えた『彼』の手によって摘《つ》み取られてしまったのだ。

だが、宿るべき器《うつわ》を失ったにも拘《かか》わらず、ふわり、ふわりと砕かれた『物』から洩《も》れいでた霞《かすみ》とも霧ともつかぬものは、『彼』を慕うかのように寄り添おうとする。

不自然なことだ。

だが、そこではそれは自然なことだった。なぜなら彼らはすでに『彼』によって、彼に従属し、無条件に思慕《しぼ》する人形に変えられてしまっていたのだから。

しかし、彼の態度は素《そ》っ気《け》なかった。

「うるさいね」

ひとことのもと、彼は慕い寄ってくる魂《たましい》を払いのけた。

「邪魔だよ」

まったく、人間の魂などというものは……と、忌《い》ま忌《い》ましげに『彼』は周囲に目を向けた。

ひとならぬ身にしか許されぬ視界を持つ彼の目には、目的のために犠牲《ぎせい》にし、打ち捨ててきた『人形の材料』たちの魂なるものが、いまだに自分にまといつくように集《つど》っている様子が視《み》えるのだ。

忌ま忌ましくも歯がゆかった。

この程度の力しか持たぬ身で……自分の期待に応えることさえできなかったくせに、命を失おうとも自分から離れようとはしない。役にも立たぬくせに、砕いても砕いても、魂の名残《なごり》とも残滓《ざんし》とも呼ぶべきものたちは彼から離れようとはしない。

引き際も悟れぬとは、なんと無様な……。

最初は侮蔑《ぶべつ》を覚えたのみだったが、彼の苛立ちは日々つのりつつあった。

どれほどに命じようと、払いのけようと……千々《ちぢ》まで砕《くだ》こうとも、出来損ないの人形に宿っていた魂《たましい》は自分から離れようとはしないのだ。

「消え失せよと言っているのだ！」

どれほどに拒まれようと、引き裂かれようと、一向に自分から離れようとしない、かつて人間の魂であった残滓《ざんし》に向かって、彼は苛立《いらだ》ちのままに叫んだ。

無駄だ。無駄だ。無駄だったのだ！

魅縛《みばく》の能力は魔性《ましょう》の世界にあっても稀有《けう》なものだった。

魔性であって、その力を持ち、振るえる存在は数えるほどしかいない。無論、その能力を持つ者の力は、規模は尋常ならざるものではあるが——。

その最たる存在こそが、黄金の、とも金の、とも……蜜王《みつおう》の君とも呼ばれる妖主《ようしゅ》である。

陽光を浴びた極上《ごくじょう》の蜜のごとき輝かしき黄金を纏《まと》う、世界に五人しかいない魔性の王のひとり。絶対の魅了眼《みりょうがん》の力ゆえに、誰よりも輝かしく圧倒的でさえある存在。

彼を慕う配下にも、彼と同じ能力を持つ者は少ないと聞く。つまり、それほど稀《まれ》な力なのだ。だのになぜ、力においては彼らと比較にならぬとはいうものの、人間には魔性より頻繁《ひんぱん》にその力を受け継ぐ存在が生まれてくるというのか。

力の弱さをその数で補うためだというのだろうか……？

だが、これほどに弱くてはいくら手に入れても役には立たない、と彼はため息を洩《も》らした。

彼が求めるのはもっと強大な力だった。大切でかけがえのないただひとりを手に入れるためには、こんな雑魚《ざこ》の力では話にならないのだ。

「目障《めざわ》りだって……消えてしまえと言っているだろう」

未練ありげに、自分にまとわりついてくる——かつて人間の魂《たましい》であったものに怒鳴りつけた彼は、しかし次の刹那《せつな》軽い驚きと興味に、目を見開いた。

砕《くだ》けてもおかしくはない力を受けたはずの魂は、それでも彼から離れようとはしない。皮肉にも、彼を慕う想いの強さが、彼らを守っていたのだ。

「君たちみたいな塵芥《じんかい》が、いくら集まったところで……」

役には立たぬ——そう言いかけた彼は、ふと考えこんだ。

そもそも卑小《ひしょう》な人間などの持つ魅縛《みばく》の力などたかが知れている……。

当たり前ではないか。

それならそれで、やり方を変えればいいのだ。ひとつの人形に魂はひとつ——だが、魅縛の能力だけであれば……？

くすりと口許《くちもと》をほころばせ、彼はまとわりつく魂たちに語りかけた。

「君たち……」

初めてかけられたやさしい声に、魂たちが歓喜する。

そんな彼らに、彼はこの上なく美しい声で、この上なく残酷《ざんこく》なことを——告げた。

魂のみとなった彼らは、それでも絶望や恐怖の色に染まりはしなかった。彼のそばに在ることを許される——そのためであれば、どのようなことも喜んで受け入れずにはいられないほどに……彼らは呪縛《じゅばく》されていたのだ。

※

上層部の必死の努力にも拘《かか》わらず、噂《うわさ》は密やかに、しかし迅速《じんそく》に浮城《ふじょう》内に広まりつつあった——。無理もない。ひとりやふたりならともかく、五人もの魅縛師が、忽然《こつぜん》と姿を消したとあっては、不審に思う者が出ないはずがないのだから。

しかも、彼らの護《まも》り手《て》たちの行方《ゆくえ》も知れない。ごく一部を除き、護り手たちは浮城との契約に縛《しば》られている。無断で行方をくらませることは契約違反と見なされ、契約の魔力によって尋常ならざる苦痛が与えられるよう仕組まれている。出奔《しゅっぽん》など、本来できないのだ。

だが、それでも浮城の上層部の判断が遅れたのには理由があった。

行方知れずとなったひとりめとふたりめの魅縛師が、恋人同士の関係であったことだ。しかも最初に消えた魅縛師は、ガンダルース大陸の東南——海に面するオガリス神皇国の神皇家に連なる大貴族の令嬢《れいじょう》だった。浮城に籍《せき》を置いてはいたものの、自らの能力を制御《せいぎょ》できるようになるまでという期限付きの在籍だった。浮城が、彼女の心身の安定を保証し、能力を暴走させることがないと見なした時点で、彼女は祖国に戻ることになっていた。戻って後、神皇国をさらに発展させるため、しかるべき名家の当主、もしくは子息に嫁《とつ》ぐ運命が、彼女には用意されていたのだ。

ところが彼女は浮城で恋に落ちた。

相手は魅縛師《みばくし》とはいえ、浮城以外の世界ではなんの身分も持たぬ青年だった。

ふたりは、知れれば引き離されることを熟知していたから、互いの関わりを秘めていたが、交わす視線や語りあう声で、気づく者は気づいてしまう。浮城の住人たちは——上層部はどうかはしらないが——知らぬ顔で見守っていたが、不幸にもオガリスからの使者のひとりがそのことに気づいてしまった。

早急に彼女は祖国に呼び戻され、そうしてオガリスの地で彼女は忽然《こつぜん》と姿を消した。ほぼ同時期に、浮城からその恋人である青年の姿も消えた。

身分違いの恋に悩み、ふたりは駆け落ちしたのではないのか——。

あまりにも揃《そろ》いすぎた条件ゆえに、浮城の中枢《ちゅうすう》は事態を読み違えてしまった。彼らが護《まも》り手《て》と個人的にも深く係わっていた事実も、誤解に拍車《はくしゃ》をかけた。深い絆《きずな》を結んだ場合、護り手は自らの苦痛さえ無視し、守護する相手に尽《つ》くすことも知られていたのだ。

とはいえ、正式な手続きもせず、姿を消したふたりを見逃すわけにはいかなかったため、浮城は急いで探索の手を伸ばした。オガリス神皇国にしてもそれは同じだった。ふたりの『駆け落ち』は、双方にとって認めがたい醜聞《しゅうぶん》だった。

そう、醜聞――。

その先入観が、事態の把握《はあく》を遅らせた。

一月《ひとつき》の休暇《きゅうか》期間が過ぎても、戻らぬ魅縛師の家族に連絡を取った浮城は、家族の返答に困惑することになる。三人目の行方《ゆくえ》知れずとなった魅縛師は、確かに休暇の期限に間に合うよう、出立《しゅったつ》したとの証言を得たせいだ。

調査に長《た》けた者たちを派遣《はけん》したものの、足取りは一向に掴《つか》めず、この期《ご》に及んで浮城は事態の見直しをはかった。

最初のふたりの失踪《しっそう》にしても、実のところ駆け落ちなどではないのではないか――？

なにがしかの意図をもって、何者か……恐らくは魔性《ましょう》……が背後で糸を操っているのではないのか、と。

四人目の失踪者――ガリヴァラが出たことで、浮城も確信せざるを得なくなった。

なぜなら彼女は浮城の……結界に包まれた結界の内部から、忽然《こつぜん》と姿を消したのだから！

そうして五人目も、やはり浮城から姿を消してしまった、結界にはなんの異常も見いだされなかったというのに、だ！

そんなことが、妖鬼《ようき》や小鬼《しょうき》に可能なはずはない。

間違いなく上級魔性が係わっている。

その確信に、上層部の面々は、一様に顔色を失った。

かつて、上級魔性《ましょう》——妖貴《ようき》以上の力を持つ魔性を相手取り、生還した破妖剣士《はようけんし》はもはや浮城にはいない。戻らない。

その奇怪且《か》つ疑わしき出生と能力ゆえに、疑念に囚われた彼ら自身が、その縁を切ったも同然なのだから。

いや、実際に問題なのは彼らの矜持《きょうじ》ではなかった。

浮城の権威と信頼を守り抜くためであれば、彼らはどんな悪辣《あくらつ》な手段をも即座に選べる覚悟の持ち主だった。だが、そうする際問題となるのは、件《くだん》の破妖剣士を釣る餌《えさ》となる『人質』たちの性格だった。

浮城において異端の一言に尽《つ》きる存在であった件の破妖剣士が、心を開き、親しくつきあっていた面々は、はっきり言って一筋縄《ひとすじなわ》どころか二筋縄でも三筋縄でもいかないこと確定の変わり者で頑固者で曲者《くせもの》ぞろいだったのだ。

脅《おど》したところで、すかしたところで、宥《なだ》めたところで——とっくに臍《へそ》を曲げてしまった彼らが協力してくれるとは考えられない上に、無理強《じ》いもきかないと来ている。その気になれば、平気で浮城という組織ごと切り捨てるだけの覚悟も、追っ手を切り抜けるだけの能力も持っているという……なんとも厄介《やっかい》な人物ばかりなのである。

「何と申しましょうか……こういう場合も、『類は友を呼ぶ』と言えるのでしょうか……ねえ……？」

思わず洩《も》らしたに違いない一言に、返る声はなかった。

沈黙ではない。

盛大なため息が、示しあわせたかのごとく、みなの口から洩れた……というわけである。

※

「それで？　困ったからっていまさらラスを頼ろうだなんて本気で思ってるの、連中ったら!?　恥《はじ》を知らないにもほどがあるわね」

憤然《ふんぜん》と上層部の面々の厚顔無恥《こうがんむち》さを罵《ののし》る言葉を口にのせるのはリーヴシェランで、それをにこにこ笑いながら「まったくですねえ」とうなずきつつ、紅茶を口に運んでいるのは浮城でも一二を争う謎《なぞ》めいた青年――セスランだった。

「いじめていびって疑って……監禁《かんきん》までしといて、都合の悪いことが起こったら、自分たちのしたこと綺麗《きれい》に棚《たな》に上げて呼び戻そうだなんて……呆《あき》れてモノも言えないわ」

正面の長椅子《ながいす》に座る、ブロンズの髪の青年――ついでに言えば、万年という形容詞がつく――は、そんな彼女をたしなめようとも宥めようともせず「ほら、人間って結局利己的にできてますから」などと笑って返してくる。

「ですが、ここまで異常な事態つづきというのも珍しいですしねえ。元々妖貴《ようき》絡《がら》みの事件なんて、迷宮入りになるのが当然でしたし、あちらがわの方々も、そうそう頻繁《ひんぱん》に人間に悪戯《いたずら》を仕掛けたりなさってらっしゃらなかったことですし……そういう方々が出た場合、あきらめるしかないというのが、長らく浮城の常識でしたしねえ……」

のーんびりとした口調で、あっさりととんでもないことを言ってくれたりする青年が、実のところ、自らの体内に、これまで封じこめてきた魔性《ましょう》の魂《たましい》を抱えているがゆえに、通常の人間よりよほどゆっくりと時を年を重ねていく存在であることを思い出し、リーヴシェランは小さく息をついた。

実のところ何歳なのか、尋ねたいものだわ。

とは、常々思っていることなのだが、聞けば聞いたで怖いような気もして、なかなか踏ん切れずにいたりする彼女だった。

「なのに、ラスが現れた……最強の破妖刀《はようとう》に選ばれて、妖貴さえも倒す力を持つ破妖剣士が……いったんは切り捨てようとしたくせに、困ったらまたあてにしようとするとはね。彼女は浮城の道具じゃないのに……」

「似たようなものだと『上』は認識してるんじゃありませんかねえ？　利用価値があったから、殺さずにいてやったのだと、恩でもなんでもないことを楯《たて》に取って、だからきりきり働けという……先代のチェリクさまも、マンスラムさまも、そういう考えはお嫌いで、ずいぶんわたしなども庇《かば》っていただきましたけど、面と向かって言われたこともありましたしねえ。まあ、でも大丈夫でしょう。あの方があの子のそばについている限り、『上』がどれほど血眼《ちまなこ》になったところで行方《ゆくえ》を摑《つか》むことなどできようはずはありませんからね」

にこにこ、にこにこ。

人好きのする笑顔で、セスランはけっこう乱暴というか身も蓋《ふた》もないことを言い切ってくれる。

「それはそうだけど……」

魔性の王である妖主《ようしゅ》のひとりがそばについているラエスリールのことだ。

確かに浮城の情報網《もう》程度で捜し出せるものではなかろうが。

「けれど……『上』が、あたしたちを勝手に利用して人質扱いしたりして呼び出したりしたら、なんだかけっこう簡単に、あのひと引っ掛かってしまいそうな気もするのよね。言ってはなんだけど……あのひと、情に訴えられるのに極端に弱いし……」

一度懐《ふところ》に入れた相手にはとことん甘くなるという困った弱点を、件《くだん》の破妖剣士は持ち併《あわ》せている。

しかも、そのあたりのことに関してだけは非常に頑固で、たとえ状況が変わって相手が敵側に変じようがなにしようが、意識を切り換えることができないという、徹底した不器用ぶりをこれまでにも何度も見せつけてくれたぐらいの困り者だ。

少しは融通《ゆうずう》をきかせることを覚えろと、何度叫びそうになったことか……。

そこがラエスリールのいいところであると同時に、どうにも改善の難しい弱点であるのもまた事実。

考えれば考えるほど、あのひとってば、歩く迷惑だわ。

きり、と唇を噛《か》みしめて、そんなことを考えてしまったリーヴシェランに、ことり、とティーカップを置き皿に戻したセスランがうっすらと笑って告げた。

「それは非常にあり得そうな線ですが、まあ、心配には及ばないでしょう。あの子と親しくしていたわたしたちは、幸いにも、同僚《どうりょう》にどうこうされる心配のない程度の実力と護《まも》り手《て》に恵まれておりますしね」

確かに、それはそうかもしれない……とリーヴシェランは思った。

自分の護り手の彩糸《さいし》は、妖貴《ようき》なみの魔力を持っているし——これは、紫紺《しこん》の妖主《ようしゅ》が彩糸を人形に作り変えた際、自らの魔力の宿る瞳の複製を与えたため……とも言えるのだが——、病魔に蝕《むしば》まれているとはいえ、マンスラムは長年城長《しろおさ》を務めあげてきた実績と実力の持ち主であるのに加え、護り手以外の、親友のそれだった相手も加わって、しっかりきっぱり護衛しているる。セスランとくればもう、これまで仕事で封じた妖鬼《ようき》の命のことごとくを自らの内部におさめて彼らの力をいいように使っているわけで……はっきり言って、浮城内における常識からは隔《へだ》たった存在ばかりが問題の破妖《はよう》剣士の周囲には配置されていると言い切ってもいいぐらいだだった。

彼女は架因《かいん》という、大切な護り手を失った後、確か新たな護り手を迎えてはいなかったはずった。唯一例外があるとするなら——。

「あら？　だけど……サティンは？」

その彼女を楯《たて》に取り、浮城の上層部がラエスリールをからめ捕ろうとしたら……？

本能的に覚えた不安は、そのままリーヴシェランの表情に表れてしまったのだろう——セスランは穏やかな笑顔のままで「大丈夫ですよ」と答えた。

なにがどう『大丈夫』なのか、説明してほしいとは思ったが、尋ねたところで答えてくれそうにはないと見切りをつけ、リーヴシェランは不機嫌なため息を洩《も》らす。

問うたところで素直に答えてくれるような相手じゃないことはわかっているけれど……ね。

そんな彼女の想いに気づいてか、セスランがきらりと瞳を輝かせて告げた。

「彼女ももちろん大丈夫ですとも。なにしろ浮城で……マンスラムさまを除けば、あのひとが一番ラエスリールに近しいひとですからね。その事実こそが彼女を護ります」

言葉遊びのようなセスランの台詞《せりふ》に、「駄目だわ」とリーヴシェランは本能的になにかを感じ取り、当然の結果としてふう、と息をついた。

自分はもう、充分すぎるほどにラエスリールに近づいたと思っていた。

彼女の出生、彼女の能力、彼女のそばに位置する者たちの正体——打ち明けられ、また把握《はあく》し、理解したことで、自分の意識はずいぶんと、ラエスリールに近しい位置を確保できたのではないか……とさえ思ったのだけれど。

もしかして、謎《なぞ》はまだまだ多いってことなのかしら?

それとも、ともうひとつの可能性をリーヴシェランは思う。

「いったい……?」

問いかけようとした彼女に、セスランは穏やかだがはっきりと「いまの事態に集中しなさい」と言い切った。

「浮城の内情もかけひきも関係ない……いま、あなたは自分自身のことを第一に考えるべきでしょう。あなたが狙われる可能性は非常に高く、しかも厄介《やっかい》な条件が息づいています……理屈でもなんでもなく、わたしの直感が、そう告げています」

「なにが起こっているのかわかるの!?」

反射的に問いかけた彼女にセスランは「いいえ」と返した。

「具体的なことはなにもわかりませんよ。今回の騒ぎの元凶《げんきょう》の方が、いったいなにを目的としてらっしゃるのか、なぜ魅縛師《みばくし》ばかりに執着《しゅうちゃく》されるのか……けれど、魅縛の能力の高さにおいて、あなたが浮城でも指折りの存在であることは事実ですからね、狙われる可能性は決して低くはないことだけはわかりますよ」

その言葉に、リーヴシェランは小さく舌打ちした。

なにが、具体的なことはわからない、よ……。しっかり黒幕が妖貴《ようき》で、あたしが狙われる可能性大だって言い切ってるじゃないの。

「不吉なこと、ずいぶんあっさり言ってくれるものよね」

不機嫌な口調でそう告げると、ブロンズの髪の万年青年捕縛師《ほばくし》は、糠《ぬか》にクギの笑顔でぬけぬけと答えたものだ。

「不吉でもなんでも、そういう可能性があることだけは、きちんと把握《はあく》しておいたほうがいいでしょう？　なにもなかったら気の回しすぎだったと安心できるし、なにかあったとしても、恐慌《きょうこう》状態に陥《おちい》らずにすむかもしれないじゃないですか」

正論といえば正論だった……が。

「なんだか、そういうことが起こるって前提にしてるみたいに聞こえるのは、あたしの気のせいなのかしら？」

皮肉をこめて尋ねた彼女に、セスランはけろりとした顔で、なんでもないことのように答えたものだ。

「もちろん、歓迎したい事態ではありませんが、可能性としては五分五分といったところですからねえ。空手形《からてがた》を出して、あなたを安心させるのは簡単でしょうが、完全に安全を保証できない以上、そういう無責任なことは避けるべきだと思っただけのことですよ。人間、やっぱり緊張感を忘れてはいけませんからね」

ご説ごもっとも——の部分も多々あるが、どこかずれているところも若干《じゃっかん》あるような……なんとも判断に苦しむセスランの主張だった。

ラスはこのひとのこと、なんだか全面的に慕ってたようだけど……。

こんな性格の主を素直に慕えるとは、よほどに鈍感か、度外れて素直な性格の主かに限られると思い、次の瞬間、リーヴシェランは直感してしまった。

両方、だわ……。

と——。

ふと気づけば、自分から飛びこんだとはいえ、奇々怪々な面々ばかりが周囲にいるといういまの現実に、リーヴシェランは内心ため息を洩《も》らした。

ラエスリールと邪羅《じゃら》が懐かしかった。

会いたいな……。

素直に、そう思った。

4

浮城《ふじょう》の守りは万全だった——そのはずだった。

もちろん、世間が信じるような、完璧《かんぺき》性が浮城に備わっているわけではないことを、リーヴシェランは知っていたが、危険を察知した上で、敷かれた警戒網《もう》にも拘《かか》わらず、異変が生じたと知ったときには少なからぬ衝撃を覚えた。

「……彩糸《さいし》……？」

大切な大切な、かけがえのない護《まも》り手《て》の名を呼ぶ。

ほどなく彼女は現れるはずだった。ほんの先程、リーヴシェランのために、珍しい東方産の紅茶を淹《い》れてくれたばかりだったのだ。

「……彩糸……」

もう一度、呼ぶ。

けれど、答えは返らない。

「彩糸……っ!?」

そんなはずはない。

彼女が、名を呼ばれたにも拘《かか》わらず、答えてくれない……姿を現してくれない、そんな事態が繰り返されることなど、あろうはずがない！

だのに――。

「どこ……どこにいるの、彩糸っ！」

叫んだ瞬間、部屋の壁に掛けられていたタペストリーが不思議な輝きを放った。

なにが……!?

起こったというのか。

それはわからない。だが、異変の生じたそのタペストリーからは、尋常ならざる、異様な気配が流れ出してくる。

これは……知ってる……。

全身が恐怖と嫌悪で縛《しば》り上げられるような奇妙な感覚に耐えながら、リーヴシェランは息を呑《の》んだ。

目を瞑《つむ》りたかった。

逃げたかった。

気づかずにいたかった。いや、気づかぬふりをしたかった。

けれど、できない。

わかってしまったから……彩糸の不在の理由が、その気配に深くかかわっていることに！

「なんなの……っ!?」

「静かに――」

混乱しかける彼女を落ちつかせるかのように、タペストリーから穏やかな声が聞こえてくる。

それはうっとりするような、美しい、青年の声だった。

その声を耳にするだけで、無条件にその声の美しさに圧倒され、好意を抱かずにいられないほどに……こちらの意志を無視した『力』の発現。

引きずられることはなかった。

幸か不幸か、リーヴシェランは上級魔性《ましょう》たちの存在そのものがたたえる美と魅力《みりょく》に以前係わったことがあった。その経験のおかげで、無条件に引きずられる事態だけは避けることができたわけだが。

「騒がないでくれると嬉《うれ》しい……君と、君の大切な存在のためにも」

口調はやわらかく、声はどこまでも穏やかで美しかった――惑わされ、酔ってしまえば、思考することさえたやすく手放してしまうほどに。

けれど、リーヴシェランは誤魔化《ごまか》されなかった。

相手が彩糸を人質にして、自分に脅《おど》しをかけているのだと瞬時に理解したからだ。

「彩糸は、どこ？」

端的に——簡潔に尋ねた彼女に、相手は愉快そうに笑った。

「なるほど。君は手ごわいね」

余裕たっぷりの口調に、きりきり、きりきり、と心臓が締め上げられるような痛みを覚えた。

「なにを……あたしにさせたいの？」

「なにも」

と、タペストリーを媒介《ばいかい》にして、接触を図った相手はくすくす笑いながら気軽に答えた。

「たいしたことを君に求めるわけじゃないんだ……本当にね」

ただ——。

と、声はつづけた。

「君が『彼女』を大切に想い、『彼女』の存在がわたしの掌《てのひら》のなかで握りつぶされるのをいやだと思うのなら、君の決断次第で、選択の道は広がることもあるのだと……それだけを知ってもらいたいと思うだけだよ」

いけ図々しい。

それがリーヴシェランの本音だった。

逆らうだけの条件など最初から奪い取って、道のひとつも残さずに状況を整えたくせに……

まるで選択の余地があるかのように告げる狡猾《こうかつ》さ――残酷《ざんこく》さ。

「最低だわ」

はっきりと言い切った――侮蔑《ぶべつ》もあらわに。

だが、そんな挑発にも、相手は乗って来なかった。

「自覚はあるよ……それで、君はどうするんだい？」

非難されても動じることなく、その上で相手――リーヴシェランの反応を求めてくる。

その異常さ。

ぞくり、と寒けを覚えた。

「なにを……求めているの……？」

相手は問いに答えてはくれなかった。

「来ればわかる」

そう言って、タペストリーから不可視の腕をさしのべてきた。

「知りたいのなら、この手を取ればいい」

どうすればいい？

リーヴシェランは迷った。

これが罠《わな》であることはわかりきっている。その上でこの手を取るなど愚《おろ》かしいことだ……それでも、そうしなければ、彩糸を青年がどのように扱うかわからない。

「あなたはなぜ、魅縛師《みばくし》を狙うの？」

くすくす笑う声が響いた。

「それも君が来てくれたら答えてあげよう。それとも時間稼《かせ》ぎのつもりなのかな？　助けを待ってるのかい？　だとしたら愚《おろ》かしいことだね。君はもう、わたしが何者か悟っているはずだ……わたしに勝る力を持つ者が、こんなところにいると思っているのかい？」

もちろん、そんな人間はいない——いまの浮城には。

少し考えて、彼女は意を決した。

「……もし、あたしがこの手を取ったとして……おとなしくあなたについて行ったとして……彩糸のこと、用済みだからって殺したりしない……？」

それが一番恐ろしいことだった。

とたんに相手の喉《のど》を鳴らす音が聞こえた。

「殺す？　奇妙なことを言うね。あれは人形だろう？」

言われた瞬間、激しい怒りに目の前が真っ赤に染まった。

「彩糸は彩糸よ！　木偶《でぐ》人形扱いしないでっ！」

双眸《そうぼう》が怒りに燃えていることを、リーヴシェランは自覚していた——もっとも、激しい感情にきらめく緑柱石《りょくちゅうせき》の瞳が、どれほどの美しさをかもしだすのか……その自覚はなかったが。

だが、青年の余裕は崩《くず》れない。

「もちろん、あれほど見事な人形を、誰が壊すものか……あの髪、あの肌、あの造形、なによりあの素晴らしい……」

「やめてったらっ！」

彩糸を人形として賛美する青年の言葉に、吐き気をもよおすほどの嫌悪と怒りを覚えた。

「人形は人形だろうに……まあ、いい。人間というものは、往々にして自らの信じたいことを真実とはき違えるものだからね。それで、どうするかい？」

再度答えを促され、リーヴシェランはついに答えた。

「行くわよ、もちろんじゃない」

利口な選択ではないことは百も承知だった――それでも、彩糸を見殺しにするなど、最初から無理なことだったのだ。

けれど――ただでは従わないわ。

可能性は五分程度――いや、たとえ成功したとしてもすべてがうまくいくとは限らない。彼らの気性を考えれば、試すだけ無駄だと断言してもいいほどの、無謀《むぼう》な賭《か》け。

それでも、試さずにはいられない。

無茶でもなんでも、唯々諾々《いいだくだく》と自分と彩糸の未来を相手に委《ゆだ》ねる気にはなれなかったのだから！

「けれど少しだけ待ってちょうだい。持って行きたいものがあるの」

青年の答えを待たず、リーヴシェランはさっさと目的の品に歩み寄った。

それは竪琴《たてごと》——彼女の髪を弦《げん》として張ることで、魅縛《みばく》の音色を奏でる——彼女だけが扱える唯一の武器。

試して……やろうじゃないの……。

持ち上げ、そうして彼女は魅縛の音色を紡《つむ》ぎだすために、弦に指先をのばした——が。

その刹那《せつな》——！

ピィインッ！　と鋭い音が室内に響いたと同時に、琴に張られた弦という弦がはじけるように切れてしまったのだ！

「な……っ!?」

「失敬」

青年の笑いを含んだ声が告げた。

「怪我《けが》はしなかったかい？　危ない玩具《おもちゃ》は使えなくしておくに限るからね。まあ、いくらでも弦は張り替えることができるだろうから、後で使えるようにできるだろう？」

すべてを見透かされていたのだと、この時点でリーヴシェランも認めざるを得なかった。

相手は自分の魅縛の能力の種類を、すでに知っていたのだ。

一か八かの賭《か》けにでる性格かどうかは知らなかったかもしれないが、先手を打って、リーヴシェランが悪あがきもできない状況に追い詰めてくれたのだ。

いったい……誰から……？

魅縛師の魅縛の能力の種類や捕縛師《ほばくし》の封魔具《ふうまぐ》の性質などは、ごく近しい間柄の人間しか知らないのが普通である。その手の情報が、万が一にも魔性《ましょう》に流れれば、致命的だからだ。特に魅縛師は相手を魅縛する際、完全な無防備状態となることも珍しくない。そんな状態の魅縛師を守るのは護《まも》り手《て》しかおらず、だから魅縛師には実力の優れた護り手が選ばれる。

彩糸も、リーヴシェランが浮城に入るさい、一応の審査を受けたのだ。そうしてその実力が当時の浮城に属する護り手のなかでも最強だったことが認められたからこそ、浮城も受け入れたのだ。

リーヴシェランの能力を知る者は多くはない。

城長《しろおさ》を含め、魅縛師の長、親しい同僚《どうりょう》……そして。

まさか、彩糸が……!?

信じられぬ思いに、目を瞠《みは》ってしまった彼女の心を読んだかのごとく、声は答えた——楽しげに。

「そうではないよ……言ったろう、あれほど見事な人形を傷つけるつもりはないんだ、わたしは。君が心配するほど……そう、あの人形が君の秘密さえわたしに打ち明けるほどに破損したとしたら、修復は難しい。そんな真似《まね》は、わたしは決してしない……わかるんだよ、ただわたしには」

「わかる……ですって……？」

不可解なことを告げられ、眉宇《びう》をひそめたリーヴシェランに、青年は楽しげに言った。

「そう、わかるんだ。君は……まだ、わからない……？　足元を見てごらん……なにか、気づくことはないかい？」

「足元……」

おうむ返しにつぶやくと同時に、言われるままに足元に目をやったリーヴシェランは、かすかな違和感に首をかしげた。

影が……心なし、薄いような……？

どくん、と心臓が大きく脈打った。

「まさか……」

あまりのことに喉《のど》はからからに渇《かわ》いていた。

声がかすれる。頭は真っ白になっていた。

まさか……影糸術《えいしじゅつ》……？

だから彩糸は、自分に一言の断りもなく姿を消したのか。

自分を守るために……自分までもが『人形』に変えられないように！

「許さない……！」

きり、と唇を噛《か》みしめ、リーヴシェランはタペストリーに怒りと憎悪の目を向けた。

声が、愉快げに震えた。

「やめにするかい？」

「冗談じゃないわ」

即答し、彼女は昂然《こうぜん》と頭を上げた。

「行ってやるわよ。そうして彩糸とふたりで……絶対、絶対あなたを後悔させてやるわよ！」

青年が笑った。

「では、姫君、お手をどうぞ」

さしのべられる——妖貴《ようき》の手。

「リーヴシェラン！」

焦《あせ》りもあらわな、よく知った青年の声が耳に届いたのはその瞬間！

セスラン……っ!?

足音が近づいてくる。

それと呼応するかのように、タペストリーから妖貴の気配が薄れていく！

「リーヴシェラン！　馬鹿な真似《まね》はおよしなさいっ！」

セスランの必死の制止の声も、彼女を押しとどめることはできなかった。

彼女は直感していた——この機会を逃したら、二度と彩糸に会うことはかなわないのだ、と
……彩糸を取り戻すためには、いまこのときしかないのだと。

「馬鹿な真似《まね》じゃないわ！　あたしはこの手を取るわ！　つれて行きなさい、彩糸のいるところまでっ！」

気配しか感じない妖貴《ようき》の腕にしがみつく。

青年の答えは聞こえなかった。

だが、彼が応じたことだけはわかった。

異質な空間を移動する自分自身を、この後彼女は確かに体験したのだから。

※

来ては駄目。来ては駄目です、リーヴィ、リーヴィっ！

喉《のど》が枯れるまで叫びたいけれど、呪縛《じゅばく》の棘《とげ》が全身をからめて、声は声にならない。器《うつわ》を捨てて魂《たましい》のみの存在となってでも、愛する少女に声を届けたいけれど、それも呪縛のせいでかなわない。

呪縛の茨《いばら》が全身にまきついている。

リーヴィ……リーヴィ、どうか、逃げて。決してうなずいてはいけない。決してその手を取ってはいけない。あなたまでもが人形になる未来など、絶対にわたしは見たくはないのだから
……っ！

彩糸は囚われていた。
ほかでもない、愛するリーヴシェランを質にとられたがために。
あの卑劣《ひれつ》にして許しがたい男。
繊屍《せんし》！
まやかしの死を運ぶ者。
まやかしの死を操る者。
リーヴィ！　あなただけは絶対に……っ！
けれど、声は届かない。
けれど魂は呪縛されたまま。
いけません……いけません、来てはっ！　リーヴィ！
想《おも》いを削《けず》って放った声は、けれど少女に届くことなく——。
醜悪《しゅうあく》な舞台の幕がいま、開かれる。

※

異変に先に気づいたのは、彼女の護《まも》り手《て》の青年だった。
——小娘のほうが攫《さら》われたらしいぞ。

声ならぬ声が脳裏に響いた瞬間、サティンは目を瞠《みは》った。

「なんですって⁉」

「サティン？」

そんな彼女に、魅縛師《みばくし》である少年――レイスティンが不思議そうに声をかけてくる。

ここ数日というもの、彼女たち捕縛師《ほばくし》や破妖《はよう》剣士は、次に狙われる可能性のある魅縛師たちの護衛についていた。セスランはリーヴシェランに、そうしてサティンがついたのが、この少年だった。

「ごめんなさい……なんでもないわ」

レイスティンはまだ十二歳――不安にさせまいと、彼女は慌《あわ》てて笑顔でかぶりをふった。

リーヴシェランが……⁉　彩糸はどうしたの……⁉

現在は姿を隠している――理由はあるのだが――新しい護《まも》り手《て》に尋ねると、不機嫌そうな声が脳裏に響いた。

――最初にその護り手がおびき出されたらしいな。それでもって、今度はそいつを人質に、小娘を脅《おど》した……といったところだろうよ。主従そろって迂闊《うかつ》なことだ。

護り手の言葉は辛辣《しんらつ》だった。

確かにそれはそうかもしれないけれど……と、サティンは護り手の冷ややかな口調に眉宇《びう》をひそめた。彼女はまだ、この新しい護り手を心から完全に信用できずにいたのだ。出会いが最悪だったのが最大の原因である。

迂闊だのなんだのと、偉そうに言える立場かしら？　あなただって、同じくらいには迂闊な上に間抜けだったのではないの？　わたしの護り手にならざるを得なくなった原因は、ほかでもないあなた自身の失態でしょうに。

皮肉もあらわに思うところを伝えると、むっとする気配が伝わってきた。

——ずいぶんと態度が大きいな。なにがあろうとオレがお前に従うとでも思っているのか？　だとしたら、お前は遠くない未来、手痛いしっぺ返しを食らうことになるだろうよ。

脅しでもなんでもない、本気を感じさせる相手の『声』を、サティンは素知らぬ顔で無視してやり過ごす。

相手に対して、まだ拭《ぬぐ》いされない悪感情ゆえに、つい厭味《いやみ》を伝えてしまったが、いつまでも皮肉の応酬《おうしゅう》を繰り返している場合ではなかったからだ。

魅縛師が狙われているのはわかりきっているから、確かに外回りの仕事は免除されているはずよね……だとしたら、浮城そのものの結界の内部から連れ出されてしまったということになる。なにか、手掛かりになるような心当たりはないの？

最後の言葉は護り手に向けたものだった。

——お前、な……。

ひとの話ぐらい聞けだのなんだのと、護り手である青年はひとしきり大騒ぎしてくれたが、サティンが無視しつづけるうちに、ふうぅ、とわざとらしいため息を洩《も》らした。

——向こうもかなり用心してやがったからな、声なのか思念なのかはっきりとはわからないが、とぎれとぎれに『影』と『影糸術《えいしじゅつ》』……？　みたいな言葉は感じ取れたんだが……ああ、あとひとつ、あんな見事な人形は壊さないとかなんとかも言ってたみたいだな。

告げられた内容を理解した刹那《せつな》、サティンは喉《のど》が引きつるような錯覚《さっかく》を覚えた。

二年前の、カラヴィス大公国《たいこうこく》における騒ぎの詳細は、ラエスリールとリーヴシェランのふたりから聞いていた。よもやまさか、そのときと同じ言葉が鍵《かぎ》として浮上してくるとは！

御大《おんたい》……ではないと思うけれど……。

というか、御大であってほしくはない、という希望のほうが大きい。

珍しく、護《まも》り手《て》の青年が、彼女を安心させるような言葉を伝えてきてくれた。

——それはないだろうよ。そういう人形を作りたいのなら、材料を何人分も集めるような不手際はおかさないだろうからな。

「そうか……じゃあ、最悪の事態は回避できたってわけね……」

思わず口に出してそうつぶやいたサティンは、怪訝《けげん》そうなレイスティンの眼差しに気づき、なんともばつの悪い思いを味わった。

「サティン？」

「御免なさい、ちょっとだけ、席を外したいのだけれど……」

立ち上がりながら、彼女はもうひとりの少年の護衛である捕縛師《ほばくし》――カガーシャに顔を向けた。

「お願いして、いい？」

先輩であり同時に同僚《どうりょう》でもあるカガーシャは、二年ほど前、仕事先で足の腱《けん》に傷を負い、それを理由にここ一年ほどは後輩たちの指導にあたってきた女性だが、その実力は確かなものだった。

気心も知れている。

そんなカガーシャであったから、サティンのなんでもない素振《そぶ》りの奥に、なにか感じるものを認めたのだろう、悪戯《いたずら》っぽく微笑《ほほえ》んで「行っておいでよ」とうなずいた。

「ありがとう」

感謝の言葉を口にして、サティンは部屋を飛び出した。

――おいおい、どこに行くつもりなんだ？

いまだ、さっぱり息のあわない護り手の問いに、「そんなの」とサティンはあっさり言い放つ。

「マンスラムさまの部屋に決まってるでしょうっ⁉」

あの部屋ならば、護り手たちの築き上げた結界の干渉《かんしょう》から自由でいられる接触が可能なのだ……かろうじて、とはいえ。

——行って、誰を呼び出そうって言うんだ!?

問いかけてくる護《まも》り手《て》の声——というか思念には、まぎれもない焦《あせ》りと恐怖が滲《にじ》んでいた。

護り手である青年の、『声』を荒らげた理由あたりは、もちろんサティンもよくよく理解していたことだったけれど、かまってはいられなかった。まだ、この護り手の青年のために、こちらの都合や感情を後回しにしてやる気には、どうしてもなれない心境だったせいだ。

「決まってるでしょ!?」

——半隔離状態《はんかくり》にあるんだぞ!?

「そんなの、あなたの力でどうにかできるでしょうっ!?」

——やりたくないって、オレは言ってるんだ!

「やりなさいって、わたしは言ってるのよ! 鎖縛《さばく》っ!」

自分も信じきってはいない——相手もこの立場に納得してはいない。

そんな関係にあって、真実の名を口にするほど危険なことはない。

わかっていても、サティンはそれを口にした。

それほどに……ある意味、追い詰められていたのだ。

——お前みたいのを、虎《とら》の威《い》を借《か》る狐《きつね》というんだっ!

「そんなこと、重々承知しているわ! いいから、繋《つな》いで! マンスラムさまの部屋へ! あそこでなければ、あの子に声を届けられない……っ!」

必死の声――必死の想い。

――わかったよ。

と、彼女の護り手になったばかりの青年が不承不承《ふしょうぶしょう》にうなずいた。

――連れて行けば、いいんだろう!?

投げやりな声音《こわね》に、サティンはくすりと口許《くちもと》を綻《ほころ》ばせた。

「わかってるじゃない」

相手の敵意を買うことさえ、なんの障害にもならないとこのとき彼女は感じた。

「まあ、要するにばれなければいいのよ」

――とんでもない……。

と、鎖縛が呆《あき》れたような声をあげたような気はしたが。

「いいのよ」

はっきりと答えて、サティンはにっこり笑った。

「終わり良ければ全て良し、だわ。繋いで」

護り手たる鎖縛が、彼女の要請《ようせい》に従い力を振るう。

シュンッ、と音ならぬ音が聞こえた。

現実ならざる感覚が彼女を見舞った。

そうして彼女はそこにたどり着いた。

見知った相手を認めた。

「まあ、セスラン？」

「おや、サティン」

「救難信号、出したの？」

尋ねた彼女にセスランが応じる。

「ええ、こちらとしては。ただ居場所を確定できないものですから、そちらにもお願いしたいと思ってました。お願いできますか？」

「これから出すわ」

答えて、呼吸を整える。

ここは浮城であって、浮城ではない場所。

結界の力から解放された特別な場所。

「どちらが先に届くかしら？」

「どちらが先に届くでしょうかね……？」

ここは、特別な場所。

なにが起こるか、誰にもわからない……。

本当に、特別な、場所。

5

気持ち悪かった。

全身の感覚がどこかずれたような、ぶれたような、不思議な違和感が抜けない。

なんだか……頭がぐらぐらする……。

それが、普通人間には縁のない、空間と空間を一気に移動する妖貴《ようき》の術のせいだとはわかっていたが、リーヴシェランは吐き気を抑えるのにずいぶんと苦労した。

いやだわ……なんだかぞわぞわする……三年前に、あのひとの護《まも》り手《て》にしてもらったときは、こんなに気持ち悪くなかったのに……。

そこまで考えて、それは仕方のないことなのかもしれないと、彼女は気づいた。

あのとき、自分を璃岩城《りがんじょう》まで移動させてくれた青年は、正体は隠していたがれっきとした妖《よう》主《しゅ》で……さらにいうなら、守護する破妖《はよう》剣士に最終的にはひどく甘かったからだ。

リーヴシェラン自身に好意のかけらも抱いてはおらずとも、守護する相手の要望に極力添った結果として、乗り物酔いにも似た、このような違和感を覚えさせることなく運んでくれたのに違いない。

だが、今回の相手はそうではない。利用するだけのつもりで呼び出す駒《こま》に、やさしいはなから自分を道具扱いしている妖貴《ようき》だ。

気配りをしてくれるはずもない。

わかってて、罠《わな》に飛びこむだなんて、我ながら馬鹿だとは思うけれど……。

それでも、彩糸《さいし》は絶対の絶対に大切でかけがえのない存在なのだから仕方ない。彩糸を人質に取られて、自分が平気でいられるはずがないのだ。

さらに言うなら、自分自身の運命までも相手の手に握られている。いつ、どこで盗まれたのかは知らないが、影もしくはそれに準じるものを核にして、妖貴のあの青年は、自分を人形に仕立て上げようとしているのである。

ぐだぐだ悩んだり、考えこんでいる暇《ひま》はなかったのだ。

そう……知ってるわ。

人形は、作り手である魔性《ましょう》に無条件に従うものだ。

璃岩城でラエスリールを襲った人形たちは、みながみな、紫紺《しこん》の妖主である藍絲《らんし》に魂《たましい》をからめとられ、我が身が砕《くだ》かれるのも厭《いと》わず彼女を阻《はば》もうとした。

きっとかつては、生きて……自分の想いに忠実であったろう者たちが。

彩糸は稀有《けう》なる例外なのだと聞いた。人形として完成されながら、ほかの人形たちよりよほどに強い呪縛《じゅばく》の糸をからめられながら、それでも完全には支配されなかった奇跡なのだと……確かに聞いた。

『身分なぞに関係ない、真実の部分でそれだけ誇り高く、同時にお前らのことが心配でたまらなかったんだろうよ』

だからこそ、人形師たる存在の絶対の呪縛にも屈伏しなかったのだろう、とあの深紅の髪の青年は教えてくれた。

『あたしだって、そんな運命はね除《の》けるわ！』

そんな、勝手にひとのことを人形に仕立て上げたあげく、魂までも支配しようだなんて勝手なことをもくろむ相手に従わざるをえない理不尽《りふじん》な運命など、認めやしないと勢いこんで叫んだものだ。

だが、そんな彼女の憤然《ふんぜん》たる主張に、青年は鼻を鳴らして告げてくれたものだ。

『当事者になったことのないやつは、どう説明してやったところで、その力の強大さを理解することなんぞできやしないさ』

と――。

しょせんお前は、それがどういうことなのか、かけらも想像できないくせに、大口をたたいているだけの小娘に過ぎないのだと、言い切られたような気がしてリーヴシェランは口を尖らせたものだ。

『それなら、あなただって似たようなものでしょう　あなただって、偉そうにそんなこと言う権利なんかないはずだわ！』

それは間違いない真理のはずだった——なぜなら相手は、正真正銘《しょうしんしょうめい》の妖主《ようしゅ》で、別の存在に人形に作り替えられるという経験を味わったはずもないひとだったのだから！

けれど、青年は——闇主《あんしゅ》はうっすらと笑った。

『よく似た体験なら味わわせてもらったさ。滅多にない経験っていうのは、ああいうのを指すんだろうな……いや、まったくてんてこ舞いさせてもらったよ。だから、一言忠告させてもらうなら、そんな局面に追い詰められたら人間の魂《たましい》なんぞ簡単に砕《くだ》けるか、なにも考えられない奴隷《どれい》状態になる……ってことだな。この先、そういう事態に見舞われないとも限らないからな、お前もせいぜい覚悟を決めておくことだ』

なにひとつ、意味の通じない、理解不能な台詞《せりふ》だった。

だから、忘れていた。記憶の奥底に封じこめていた。

まさか、あの深紅の青年の言葉を、三年を経たいまになって克明に思い出さざるを得ないような状況に追い詰められるなどとは想像もしていなかった！

けれど、まだ手段は残されてるわ……っ！

必死に唇を噛《か》みしめながら、リーヴシェランは自身に言い聞かせる。

あたしの人形が作られている途中だとしても、それを壊してしまえば、あたしは再び自由になれる……っ！　そうよ、人形は、まだ完成してるわけじゃないんだから……っ！

自らを鼓舞《こぶ》し、心を奮《ふる》い立たせようとしたリーヴシェランは、だが意識を現実に戻した瞬間、強烈な頭痛に襲われた。

キンッ、と頭の中身をきりきりとしめつけられるかのような痛みに顔を顰《しか》める。

「な……なに……っ!?　これは……!?」

頭痛がする。

空間移動のさいに感じた違和感や不快感の比ではない。

全身がしめつけられる。

吸いこむ空気さえもが、ぎりぎりと彼女をしめつけ、屈伏させようとしている……そんな異常な空間が広がっていた。

「な……によ、こ……れ、は……!?」

「おや、ずいぶんと気丈なお嬢《じょう》さんだ」

聞こえてきた声には、覚えがあった。

浮城《ふじょう》の自室に掛けてあったタペストリーから聞こえてきた、あの青年のそれだった。

ひどい頭痛を覚えながらも、彼女は声のしたほうを振り返った。

そうして、ようやく相手の姿を確認した。

その髪は濃すぎるほどにすった、極上《ごくじょう》の墨《すみ》を束ねたがごとき漆黒《しっこく》。

その瞳は雲の遮《さえぎ》る夜空ですらなく、星々の輝きが天にあってさえ、空に横たわる絶対の夜の闇の深遠を映したもの――。

これが、彼だ――！

リーヴシェランは確信した。

なぜ、その名さえもわかったのか……それはわからない。

それでも、彼女は相手を睨《にら》みつけた。

織屍！

「こんな……死者ばかりの世界で、あなたはなにを築こうというの……!?」

そう、このときはっきりと、リーヴシェランは悟った。

息苦しく感じたのも道理――この空間に生きている者の気配は皆無だったのだ！

人形という、仮初《かりそ》めの命の気配さえ、ここでは感じ取れなかった。

みんな、死んでしまっているのだ。

人形にされてしまった同僚《どうりよう》たちも、その彼らをおびき出すための囮《おとり》とされた護《まも》り手《て》たちも皆……ことごとく！

なのに、常世《とこよ》に赴《おもむ》くことさえ許されず、この閉鎖された空間に留め置かれている！

「なぜ、こんなひどいこと……こんなむごいことをするのっ!?」

問うた彼女に、青年――織屍は笑顔で答えた。

「彼らはわたしの望みをかなえるに充分な力を持たなかった……だからだよ」

「ならばなぜ、解放しないのっ⁉　彼らは道具なんかじゃない……あなたがたとえそう見なしてたとしたって！　でも、けれど……どうしてっ⁉　あなたは彼らを見限ったのでしょう⁉　ならば、なぜ、どうして、ちゃんと彼らの魂《たましい》を解放してあげないの⁉　できるはずでしょう⁉　なぜ、こんなひどい状況に……なぜ、彼らを縛《しば》りつづけてるの⁉」

存在の形さえも変えられ、人間としての命の在り方さえも奪われ……なのに、彼らはいままでも織屍を慕っている。

魂のみの存在となっても、彼らは織屍を慕っているのだ。

リーヴシェランには耐えられなかった。

「死した後の魂までも……無理やり引き止めて……あなたにそんな権利があるの⁉」

頭痛がひどくなる。

うまく……ものが考えられない。

「あ……あ……っ」

両手で頭を抱えこみ、その場に膝《ひざ》をついたリーヴシェランに、愉快そうに織屍は答えた。

「権利どうこうは知りませんが……わたしにはそうするだけの理由があるのですよ」

「理由……？」

のろのろと顔を上げて、リーヴシェランは織屍の顔を見た。

頭痛がひどい。

人形に変えられかけている弊害《へいがい》なのだろうか。

そんな彼女の苦しみを嘲《あざけ》るように青年は告げる——淡々と。

「彼らの力は確かに取るに足らない……そう、塵芥《ちりあくた》のようなものです。だが、彼らの能力をあわせれば、強い力を作り上げることはできるかもしれない……そう、君の力も含めて。わたしは君たちの微弱な力に、それでも焦《こ》がれつづけてきたんですよ……わたしには持ち得ぬ力を君たちが持っているからこそね」

魅縛《みばく》の能力——。

陶然《とうぜん》とした表情で、繊屍は語る。

「わたしがどれほど君たちを妬《ねた》んだか……君たちは知らないだろう？　微弱な力しか持たない君たちを、そこまで妬むほどに、わたしがどれほど君たちの持つ能力に焦《こ》がれたか……君たちは想像することさえできないだろう。欲しかった……その能力が、わたしは喉《のど》から手が出るほどに欲しかった！　その力があれば、わたしはあの方の心は捕らえることができたかもしれなかったのだから！　あの唯一の方に向けられた想いをねじ曲げてでも、わたしに心を向けさせることができたかもしれないのだから！」

けれど、うまくはいかないね、と繊屍は自嘲《じちょう》めいた笑みで告げた。

「君たち……魅縛師の能力は、取るに足らない程度のものばかりだった。人形に仕立てても、役に立たないものばかりだった……。だが、微弱でも力は力だ。組み合わせればそれなりの効果は期待できるだろう？　そう、たとえば君の琴《こと》の音と、魅縛の歌声はよく似合うだろうね。あと、放つ言葉に力を宿す能力の持ち主もいたね。そうそう、舞いが見事な者もいた……さすがにその能力は一緒には無理だろうから、君のための舞姫《まいひめ》の人形に作りなおしてあげよう」

漆黒《しっこく》の瞳に陶然たる光をたたえ、繊屍が歌うようにつぶやいた。

本気だわ、こいつ……っ！

ぞっとした。死者の魂《たましい》を道具扱いする青年の心のありよう……いや、塵芥も同然と言い切りながら、それでも利用しようとし、そのことになんの矛盾《むじゅん》も覚えていないらしい様子に、違和感を覚えずにはいられなかったのだ。

繊屍は、これまで彼女が係わったことのある妖貴《ようき》たちと、どこかが決定的に違っていた。そのことが、なぜかひどく恐ろしく思えたのだ。

「ひとつの肉体に複数の魂を宿すだなんて……そんなことは不可能だわ。魂の重みに、身体が耐えられないわ！　なにを馬鹿げたこと言ってるのよっ⁉」

じわじわと、指先から死の気配がしみこんでくるような錯覚《さっかく》を覚え、振り切るためにリーヴシェランは叫んだ。

誇大な妄想《もうそう》に取りつかれた相手だと、思いたかったのかもしれない。相手を『正気ではない者』という、自分に理解できる範疇《はんちゅう》に当てはめたかったのかも――しれない。

だが、織屍はそんな彼女を嘲笑うように淡い笑みを唇に刻んだ。

「それは人間の器《うつわ》ならの話でしょう？」

言われて、リーヴシェランはぎくりと肩を強張らせた。

自分の命運が、すでに相手に握られかけていることを、改めて思い出す。

「あ……あたしを人形にして、そのなかにいくつもの魂《たましい》を封じこめるつもりなの……!?」

人形になる――変えられてしまう。

それはなによりの恐怖だった。

存在の形を、他人に勝手に変えられてしまう。それだけでも耐えがたいというのに、人形は例外なく人形師を愛してしまうのだという。

愛し、慕い、完全なる服従を、人形師たる魔性《ましょう》に誓う。

そんなことが、どうして許せよう　心まで織屍に踏みつけにされるなど冗談ではない。

だれが、こんなやつのことなんか……あたしは……あたしは……っ！

恐怖と緊張と怒りと――それぞれがすでに極限で、なにが自分のなかで一番強いものなのかもわからなくなっていたけれど。

さらに強い想いが、自分のなかに息づいていることにリーヴシェランは気づいた。

それだけは、イヤ……それだけは、絶対にイヤ……っ！　だってあたしは……。

そう思った瞬間、彼女の脳裏に浮かんだのは、不可思議な色彩の双眸《そうぼう》を持つ青年の顔だった。

淡い銀紫とも藤《ふじ》色とも見える、光の加減で微妙に色彩を変える不思議な……けれどやさしい色の……。

え……？　なに、どうして……？

なにゆえにこんな場面で、『彼』を思い出してしまったのか、自分でも理解できず、半ば混乱してしまったリーヴシェランの態度を誤解したのか、織屍がやわらかい笑みに目を細めさせた。

「最初はそのつもりだったのだけれど、ね。君の指摘通り、ひとつの器に複数の魂を宿すのは、心身の均衡《きんこう》を保つ上でかなり難しいことなんだよ。もちろん魂同士が器の支配権を奪いあうことのないよう、意識は完全に消し去るにしたところでもね。だが、最高の器が手に入ったとなれば、そんな心配は無用になる。最高の魔力と最高の技術と細心の注意をもって作り上げられた最高の器が手に入ったんだ。もはや不安材料はなにひとつない……君はここで、ただわたしの作った人形の完成を待てばいい。完成した瞬間に、わたしはその器を壊して、わたしに忠実になった君の魂を核として最高の器に移してあげよう。君はわたしのための最高の能力をふるう最強の魅縛《みばく》人形になるんだよ」

どくん、と胸が大きく脈打ち、痛いような苦しみがリーヴシェランを襲った。

最高の魔力と最高の技術と細心の注意をもって作り上げられた最高の器――。

それはいったいなにを……誰を指しているというのか⁉

「さ、彩糸は……彩糸はどこ⁉　彩糸をあなたはどうしたの⁉」

悲鳴にも似た問い掛けに、織屍は楽しそうに喉《のど》を鳴らした。

「さすがに勘がいい……血縁ゆえの絆《きずな》というものかな？　そう慌《あわ》てることはないよ。言っただろう、わたしはあれほどに見事な人形を傷つけるつもりなどかけらもないのだから……確かめたいのなら見せてあげよう。ほら……」

くすくすと笑いながら、織屍が優雅に右手をひらりと振った。

その瞬間、それまで艶《つや》消《け》しの闇とも霞《かすみ》ともつかぬもので覆《おお》われていた空間から、視線をさえぎるすべてが消えた。

現れた、のは――。

見えた、のは――。

虹色の髪が、千々《ちぢ》に乱れ、『檻《おり》』としか呼びようのない空間のあちこちに繋《つな》ぎ止められていた。

両手首に、両足首に、からみついてすべての動きを封じるのは煙水晶の結晶！

真珠《しんじゅ》色の肌から、いまその輝きは失せ、ただ真白き肌はただ冷ややかな印象のみをたたえている。

なにより――その瞳。

不可思議な、現実のものとも思えぬほどに美しい紫紺《しこん》の双眸《そうぼう》——その色彩、そこに宿る、意志の光は……っ！

空っぽ、だった。

そこに捕らえられた存在は、魂《たましい》のみを器用に抜き取った脱《ぬ》け殻《がら》だったのだ！

「彩糸！」

リーヴシェランが叫んだ。

織屍が楽しげに喉を鳴らした。

「大丈夫だよ、まだ魂のほうも消してはいないから」

まだ——という部分に、意味ありげな力をこめたのは、決して偶然ではあるまいとリーヴシェランは確信する。

じろりと青年をねめつけた。

「どういう……いったい、なんのつもりなの!?」

問いかけたリーヴシェランに青年は答えない。

焦《じ》れた彼女は、なおも問いを重ねた——恐らくは、相手が待ち望んでいたに違いない問い……言葉を、口にした。

「あたしに、なにをさせたいの!?」

青年がにっと笑った——嬉《うれ》しげに、楽しげに。

そうして彼が告げた内容は、リーヴシェランが唇を噛《か》みしめるに充分な内容で。

「ただ、素直に運命を受け入れてくれれば、それだけでいいんだ……君はおとなしく、わたしの人形になって、わたしの決めた通り、この極上《ごくじょう》の器《うつわ》に宿ればいい。ほかのいろんな能力も加えてあげよう。苦しむこともない、老いることもない……ずっと、大切にしてあげる。君は与えられた能力を使って、わたしの役に立ってくれれば、それでいいんだ」

身勝手な言い分だった。

いかにも魔性《ましょう》らしいと言えば言える申し出だった。

「彩糸は……どうなるの……!?」

問いかけた彼女に、織戸は己《おのれ》の優位を確信してか、鼻で笑って答えたものだ。

「いまの君に、そんなことを気にかけていられるほどの余裕があるのかな？」

他者を思いやっている場合かと、冷笑まじりに返されたリーヴシェランは、この瞬間心を決めたといってもいい。

彩糸の魂《たましい》など一片の価値もないと、織戸が見なしていることに気づいたのだ。

彩糸の肉体だけを、自分の都合よく利用しようというの……!?　そうして……恐らく自分の人形が完成した瞬間、器を破壊して魂だけを彩糸でしかないこの肉体に移して？　ほかの魅縛《みばく》師《し》たちの魂も都合よく形を変えて能力だけ利用できるようにして注ぎこんで……？

そうして、織戸は自分にこの上なく都合のいい魅縛師人形を作り上げようとしているのだ。

だれが……だれがっ！　こんなやつの思惑《おもわく》になんか乗ってやるものですか！

大切で、かけがえのない彩糸……同時に、自分自身も大切で、だから相手を退けるしかないと心に決める。

あきらめたりしない！　あたしは、あたし自身も、彩糸のことも……こんなやつの好きにはさせない！

けれど、時間が足りなかった。

せめて……琴《こと》に弦《げん》を張る時間さえあれば……っ！

以前とは違う。

根拠のない自信ではない。

では、確たる自信なのかと問われれば、それも少し違う。

あえて言うなら、そうするしかない局面に置かれた者の、決死の覚悟というものに近いかもしれなかった。

全身全霊――命のすべてを琴の音にそそぎこんでもいいと思った。

賭《か》けでしかないとわかっていた。

それでもいいと、このときリーヴシェランは思った。

彩糸を……あたしを……そして、好きじゃなかったけど、ガリヴァラや……浮城の魅縛師たちを、ただの道具としかみなしてないこんなやつのために……！

自分は死なない、と彼女は思った。

こんなやつのために、彩糸を死なせることも絶対にしないと決めた。

そのためなら、なんだってやってやるわよ！

きっ、とまなじりをつり上げて、リーヴシェランは叫んだ。

「絶対、絶対、お断りだわっ！」

鋭利な刃物——あるいは極細の強靭《きょうじん》な糸によって、全身が傷つけられ、血を噴《ふ》き出した事実を前にしても、彼女は譲《ゆず》らなかった。

「安全策にばっかり頼ってるあなたの道具に成り下がるほど、安い命でも矜持《きょうじ》でもないのよ、あたしは！　あたしがあたしでいられなくなるのなら……もちろんっ！　最後まであきらめるつもりなんかないけれどっ！　最後の最後まで足掻《あが》いて、でも無理だってわかったらっ！　そこで舌でもなんでも嚙《か》み切ってやるわよ！」

きりきりと、しめつけてくる束縛《そくばく》を感じた。

それが現実の痛みなのか、相手の偽装《ぎそう》なのかもわからない。

ただ、口のなかに鉄の味が広がった。

それは現実。

くすっと笑って、リーヴシェランは口許《くちもと》を拭《ぬぐ》った。

右手の甲に、赤茶けた……多分血らしいものが見えた。

「負けないわよ、あたしは。負けなかったひとを知ってるんだから」

血の色を衣服にこすりつけることで消し去って、彼女は言い切った。

「あなたなんかに、あたしは屈したりしない！」

言い切った彼女の双眸《そうぼう》は、色彩そのものの緑の炎——！

全存在をかけて、リーヴシェランは繊屍と対峙《たいじ》しようとしていた。

負けるわけにはいかない。

ただひとつの言葉をお守りのように胸に抱いて。

彼女は妖貴《ようき》である青年に戦いを挑んだ。

6

彩糸《さいし》の意識は完全に繊屍《せんし》の手に委《ゆだ》ねられているわけではなかった。

確かに戦いにあって彩糸は繊屍に敗れた。

守護する……同時に、かつて妹であったリーヴシェランに仕掛けられた繊屍の卑劣《ひれつ》な罠《わな》を取り除くために彼女は全力で繊屍に対峙《たいじ》した。

侮《あなど》っているつもりはなかった。

相手は妖貴《ようき》だ。油断の許される相手ではない。

己《おのれ》が人形に過ぎぬことはわかっていた。それでもかつて祖国であるカラヴィスに残されていたリーヴシェランの髪の一部を形代《かたしろ》にして、彼女が人形に作り替えられていくさまを認めることだけはできなかった。

だから、全身全霊の力をもって繊屍の企《たくら》みを阻止《そし》しようとした。

けれど、かなわなかった。

口惜しいことに相手の力は絶対的で、戦いに敗れた後、彼女の魂《たましい》とでも呼ぶべきものは器《うつわ》から放り出されてしまった。

そうして織屍のいいようにされる道具に……いや、傀儡《かいらい》に変えられてしまったのだ。

自分の器《うつわ》を、織屍がどのように扱うのかを、彩糸はつぶさに見てきた。彼は彼女の紫紺《しこん》の双眸《そうぼう》を見つめるとき、切なげな感情の色を瞳にたたえた。

その瞳を覗《のぞ》きこみ、ときに憎悪もあらわに睨《にら》みつけた。

その至上の瞳を抉《えぐ》りだそうとしたことさえ何度となくあった。

そんな彼の姿を見ていれば、わからないはずはなかった——織屍が望み、魅縛《みばく》してしまいた い相手が誰であるのか。

たとえようもなく美しく強大なひと。

誰よりも残酷《ざんこく》なひと。

それでも魂《たましい》そのものに楔《くさび》を植えつけられたかのように、決して忘れること、あきらめることができない魅力に溢《あふ》れた……この世界に君臨する、最高の魔力を持つ者——王のひとり。

紫紺の——。

認められようはずがなかった。

このような卑劣《ひれつ》な手段を用いる者など——そうして、そんな企《くわだ》てに、自分やリーヴシェランを巻きこむことなど、到底許すことは出来なかった。

そうして彩糸は、織屍とリーヴシェランとの間でかわされる会話をも耳にしていた。

最愛の妹を、人形にするばかりかすぐに壊して仮初《かりそ》めの器に宿し代える……？　それがどれほど魂に負担を強《し》いる行為であるか、織院が知らないはずがない。それでも彼は本気なのだ……かの君を手に入れるための、使い捨ての道具としてしかリーヴシェランを見なしていないからこそ！

許すものですか、と彩糸は心から思った。

そのような卑劣ないかさまでかのひとの心を捕らえようとする行為を、なのか――。

それとも、自分やリーヴシェランを巻きこんだことを、なのか。

どちらをより強く、許しがたく思っているのか……正直なところ、彩糸にはわからなかった。だが、思い悩むことはなかった。どちらであれ、到底許せないことに代わりはなかったからである。

慕わしくも恐ろしいひと。

この上なくやさしく、同時に誰よりも残酷なひと。

決して自分には心をくれない……けれど、絶対の――。

『彩糸……』

目覚める寸前に、かのひとが自分に語りかけてきたやさしい声を覚えている。

『お前は特別で、きっと目覚めてからもわたしにとっては特別でありつづけるだろうから、許してやろうよ。お前だけに、許してやろうよ、わたしを……することを』

自分の運命をねじ曲げたひと。

けれど、いまのこの自分を作り上げてくれたひと。

あの言葉が、いまも有効かどうかはわからない。それでもいましか――選べない!

器《うつわ》もなく、魂《たましい》さえも『人形』に変えられた、異形《いぎょう》の女性が声ならぬ声を紡《つむ》ぐ。

――我が君、我が命主よっ!

命そのもの、存在そのものさえ『呼びかけ』に変えんばかりの決意でもって、彼女はただひとりのひとを呼んだ。

――藍絲《らんし》さま……っ!

ゴウッ、と空間がうねり、音をたてて軋《きし》み始めた。

呼んだね?

耳にするだけで泣きだしそうになるその声を、彩糸は確かに聞いたと思った……。

※

突然の異変に驚き、焦《あせ》ったのはリーヴシェランひとりではなかったらしい。

空気の色がかわり、すさまじいまでの圧迫感が襲いかかってくるなかで、唇を噛《か》みしめながら織戻に目をやった彼女は、青年もまた驚愕《きょうがく》を隠しきれずにいるのを見て取ったのだ。

どういうこと……？　これ、あいつがやってるんじゃないってことなの……？

そんなはずはなかった。

この空間は完全に、織屍の支配する、織屍のみにとって都合のいい場所のはずだった。少なくとも、先程まではそうだった。リーヴシェランの感覚がそうだと告げていたのだ。

けれど、いまは――違う。

なにかが、はっきりと、違う。

なにかが……すさまじい力に溢《あふ》れたなにか――いいや、誰か、が、来る！

直感だった。

リーヴシェランは反射的に自分の琴《こと》――弦《げん》がことごとく切られた状態では、使いようもないことはわかっていたけれど――に手をのばし、摑《つか》みとるなり床に伏せた。

爆風が吹き荒れたのは、ほとんどその直後だった。

耳がおかしくなるほどの轟音《ごうおん》とともに、強大な何者かが、そこに無理やり出現したのだ！

……いったい……!?

どのくらいの時間が経過したのか、リーヴシェラン自身にはわからない。耳鳴りがおさまり、また周囲に吹き荒れた風が感じられなくなったことに気づくまで、彼女は自失状態だったからだ。

耳に痛みはなかった。

血……も、流れてる感じはないってことは、鼓膜《こまく》も一応無事ってことよね……?

それでも用心して、まず指先に力を入れてみた。

動かしてみる。痛みはなかった。

腕は両方とも大丈夫……足のほうも……どうやら無事みたいだわ。

確認をとった上で、彼女はのろのろと体を起こした。

胸にも背中にも、痛みはない。

麻痺《まひ》してるって感じでもないから……大丈夫、かな……?

琴《こと》を抱きしめたまま、床にぺたんと座りこんだ形で、ようやく周囲に目をやったリーヴシェランは、しかし次の瞬間蒼白となった。

なぜなら——ここにいるはずのない……というか、想像だにしなかった、悪印象度最高の恐怖体験もたっぷり積ませてくれた恐ろしすぎる見知った顔が、新たに出現していたからである! ひっ、と声をあげそうになった。

し、し、し……紫紺《しこん》の妖主《ようしゅ》っ!? どうしてっ!?

頭が真っ白になってしまう。

織屍ひとりを相手にしても、かなり分《ぶ》の悪い戦いであることはわかっていたのだ。なのに、この上紫紺の妖主までもが出現したとなると……勝算のかけらも見いだすことはできないではないか!

頭の中は真っ白から恐怖の真っ黒に塗り替えられようとしていた。

ところが、である。

突然現れた紫紺の妖主は、リーヴシェランの姿を認めるなり、わずかに目元を細め、声をかけてきたのだ！

「奇遇……と言うより、これは必然か。なるほど、我が最愛の人形が、あれほどに必死にわたしを呼んだのだ、そなたが係わっておらぬはずもなかったな」

苦笑をたたえたその顔は、悪印象しか抱いていないリーヴシェランの目にも、どきりとするほどに美しく……目の毒というなら確かに毒だろうが……魅力的に映った。

「呼んだって……」

頭がくらくらして、深く物事を考えられない。

けれど、このとき、彼女の意識は理性より感情……いや、直感により強い支配を受けていた。

『我が最愛の人形が、あれほど必死にわたしを呼んだのだ』

その一言が、リーヴシェランの神経を刺激した。

本来であれば、それは不可視の姿だったに違いない。

なぜ、はっきりと見えたのか——後にリーヴシェラン自身、首をかしげてしまったぐらいだ。

それでもその瞬間、なぜかはっきりと、紫紺の妖主の右のてのひらのなかで、淡い輝きを放っている真珠《しんじゅ》色の光を、彼女は見たのだ。

そして瞬時に理解する――そのやわらかな輝きが、彩糸そのものであることを!

「彩糸!」

リーヴシェランの叫びに、藍絲が軽く目を瞠《みは》った。

その後、彼の口許《くちもと》に、やわらかな笑みが広がり、かすかに唇が動こうとした刹那《せつな》――。

他者の声が、割りこんだ。

「我が……きみ……?」

織屍の声だった。

そのとたん、紫紺の妖主《ようしゅ》の意識はリーヴシェランから外れた――ように、彼女には思えた。

目を向けて見れば、織屍はひどいありさまだった。

あの爆風にも似た強烈な出現は、確かに織屍には相応の痛手を与えていたのだと……初めて知った。

あるいは最初から、相手を傷つけるためにあれほどの嵐を巻き起こしたのかもしれない。

けれど、謎《なぞ》が多すぎる。

ではなぜ、自分はほとんど無傷ですんだのか。織屍だけがなぜ、被害を受けることになったのか……?

そう考えた瞬間、リーヴシェランは被害は繊屍だけでないことに気づいてしまった。

「きゃあっ！」

思わず悲鳴を上げた。

繊屍の酷《ひど》い姿に対するものではない。

彼にとって、自分たちは道具にすぎないと思い知らされていたはずの……かつての同僚《どうりょう》たちの、それでも彼の楯《たて》にならずにはおれなかった魂《たましい》たちのぼろぼろな姿が、彼女の目に飛びこんできたのだ！

目頭《めがしら》が熱くなる。

「ひどい……あんまり、ひどい……」

「なにを嘆《なげ》く？」

現れた紫紺の妖主は、怪訝《けげん》そうにリーヴシェランを見やった。

「我が最愛の人形は、お前を愛し、お前とともにあるために、これまでわたしを呼ぶことを避けてきた……我が真名《まな》を口にする許しは最初から得ていたにも拘《かか》わらず……だ。守られつづけてきたお前がなにを嘆くことがある？　我が最愛の人形は選んだのだ……お前を守るために、仮初《かりそ》めの自由を手放すことまで。そう……彼女はわたしの元に戻ることを条件に、お前を守って欲しいと訴えた。そこまでのものを傾けられて、それ以上のものを求めるのは……お前、強欲というものだよ？」

なにも感じなかったと言えば嘘になる。

自覚ならたっぷりあった。

いつも彩糸に助けてもらっていた。

いつも彩糸の意見が元になっていた。

でも……！

織屍が企《たくら》みに失敗して報いを受けるのは仕方ないことだとリーヴシェランにもわかる。自分たちを利用しようとした相手のことだ、失敗して報いを受けたところでなんとも思わない……けれど。

でも、織屍の代わりに別の誰かがぼろぼろになってまで肩代わりするのは……違う。こんなのは、絶対に違う！

なのに、紫紺の妖主《ようしゅ》はそれを当然だと言い切るのだ！

「駄目、駄目、駄目っ！　絶対に駄目っ！　そんなの認められない……駄目っ！　じゃあ、どうしたらいいのか、まだよくわかんないけど……でもっ！」

駄目なことだけは、わかる。

けれど、一番いい方法がわからない。

どうしたらいいのか、それだけがわからない。

考えるだけ考えた。

できること全部、考えた。

それでも答えは見つからなかった。

袋小路《ふくろこうじ》だ。

追い詰められて、もう、道はない。

何が正しくて、何が正しくないのか――。

もう、わからない。

わからないなかで、リーヴシェランは叫んだ。

「呼んでもないときにはちゃっかりしっかり来るくせにっ！　こういう、肝心《かんじん》なときにっ！　なんで来ないのよ!?　それとも名前呼んだら来るの!?　名前呼ばれなきゃ来ないの!?　無能！　無能！　無能者っ！　頭わやくちゃなんだからっ！　気ぃ利かせて来るぐらいのこと、してみせなさいよ……邪羅《じゃら》っ！」

ほとんど八つ当たりの声に、よもやまさかの声が返ってきたのは次の瞬間だった。

「簡単に言うなよ。おれは手掛かりひとつ残さず、相手の罠《わな》に自分から飛びこんだ相手のこと、無条件に捜し出せるような化け物じゃないんだからさ。呼ぶぐらいのことしてもらわなきゃ、簡単に道なんか開けるわけないいんだよ」

そうして現れたのは、ふわりとやわらかそうな白い髪を宙になびかせ、藤《ふじ》色にも似た不思議な色彩の瞳を楽しそうに輝かせている青年だった。

自分で呼んでおきながら、それでもリーヴシェランはすぐにはこの現実を受け入れることができなかった。

明るい緑の瞳を瞠《みは》り、少女はぽつりとつぶやいた。

「……本当に……邪羅……？」

青年が、悪戯《いたずら》っぽい笑みで応えた。

「おれに化けられるやつは世界に五人といないぜ？　でもってそのうちのひとりはここにいるし、もうひとりはたとえなんに化けたって、親父《おやじ》の目は誤魔化《ごまか》せないし、あとひとりも、そんな酔狂《すいきょう》かましてられる余裕はいまんとこないわけで……まあ、もうひとりばかり可能性としては残ってるけどな、そこんところはお前の直感で判断しろよな。で、おれは誰に見える？」

たいそうな――両親が両親なのだから、これは当然のことなのだろうが――美貌《びぼう》に浮かぶ表情は、まるで悪ガキそのもの。

なにより、自分から悪戯を仕掛けたくせに、見破ってみろと言わんばかりの、期待にきらきらと輝く瞳はリーヴシェランには見慣れたものだった。

「……邪羅」

間違えようがなかった。

そして青年は嬉《うれ》しげにうなずくのだ。

「当ったり前だろ？」

と——。

なんだか肩から力が抜けてしまった。

自分を織屍から救うために、彩糸は戻ることを条件に紫紺の妖主《ようしゅ》を呼び出したわけで、紫紺の妖主の攻撃のせいで、かつての同僚《どうりょう》たちの魂《たましい》はぼろぼろになっていて……彼らが犠牲《ぎせい》になっていくのを見過ごすのは絶対にイヤで。

でも、いい方法なんか、いまだにひとつだって思いつくことができずにいて。

安心なんてできる状況ではない。

わかっていても、なんだか心が軽くなったような気がした。

なんとかなるような……なんとかできるような希望が、リーヴシェランの胸には生まれていたのだ。

たったひとりの青年と再会した——ただそれだけで。

7

藍絲《らんし》にとって、それは久しぶりに目にする血を分けた息子の姿だった。

人間などとは違い、持て余すほどの時間と絶対的な力を約束された妖主《ようしゅ》である彼にとって——大半の上級魔性《ましょう》にも言える通り——自らの血脈を継ぐ者に対する感慨《かんがい》はない。

彼にとって、邪羅《じゃら》の価値は、自らよりなにより、ただひとりと心定めた女性の息子であるという一点に絞《しぼ》られていた。もっとも、自分ではない誰かとの間に生まれた子供であれば、存在そのものさえ許せようとは思えなかったが。

それでも藍絲の目は節穴《ふしあな》ではない。

かつて璃岩城《りがんじょう》で対面した際の邪羅とは、なにかが大きく変わっている事実に気づいた。粗削《あらけず》りにすぎなかった魔力が、ずいぶんと細やかなものに変化していたのだ。

「どこに籠《こ》もっていたのかは知らないが……ずいぶん頑張ったようだな。だが、その程度でわたしに抗せると本気で考えているとも思えぬが。それとも、また、口先のみでわたしの邪魔をしようと思っているのか？」

その口先だけの脅《おど》し文句――『母ちゃんにちくるぞ』というのが、以前邪羅が繰り出した最終口先兵器だったわけだが――にまんまと屈したくせに……との感想を抱いた存在が、この空間には約三名ほどいたわけだが、賢明にも誰もそれを口にすることはなかった。

対する邪羅も、それればかりでは通用しないと思ってか、軽く肩をすくめて答えた。

「んー？　まあ、親父《おやじ》釣れるだけの母ちゃんネタならいろいろ新しく仕入れたし、なんのかの言っても、親父ってば母ちゃんに関することなら取り引きに応じてくれるだろうってのはわかってるけどね。でも、今回のこの騒ぎってば、完璧《かんぺき》、親父の落ち度だろう？　自分の配下の管理、手《て》ぇ抜いといて、漁夫《ぎょふ》の利《り》狙おうってのは、やっぱり虫が良すぎるんじゃないかって思うわけだ、息子としちゃあね。そこの、繊屍《せんし》だっけ？　監督不行き届きを棚《たな》にあげて、ちゃっかり彩糸取り戻そうってのは、ね」

なんとも魔性らしく、情のない言葉だった。

子供のころは、本当に『人間』くさく、鬱陶《うっとう》しいぐらいに懐いてきたものだったのだが……このように化けるとはな。

目の前の息子は、すでに自分の見知っているあの『子供』ではない。

その事実をどこか楽しく受け入れている自分を藍絲は自覚していた。

「取り戻すってなによ!?　彩糸《さいし》は……彩糸はあたしの護《まも》り手《て》よ!?　大体、元々は彩糸はあたしのお姉さまだったんだからっ！　最初に横取りしたのは紫紺《しこん》の妖主《ようしゅ》のほうじゃない！　渡さないわよ……放さないわよ！　絶対、絶対っ！　彩糸を幸せにしてくれないひとになんか、絶対、彩糸は渡さない！」

　話題が彩糸に移ったとたん、さながら小型犬のごとく、吠えまくりはじめた少女に、ちらりと目を向け、藍絲は邪羅に問いかけた。

「その娘は、自分がどのような状況に置かれていたのか、正確に把握《はあく》できているのか？」

「わかってるんじゃないの？」

　あっさりと邪羅が答えた。

「だとしたら、あまり、おつむの出来がよろしいとは思えないが」

「そうかな？」

　てっきり肯定されるとばかり思っていた藍絲は、少々意外な想いで問い返した。

「理性とか理論とか……そういうの抜きにして、わかってるだけじゃないかとおれなんかは思うわけだけど？」

「助けを求めてきたのは彩糸だが？」

「元々の元凶《げんきょう》は親父《おやじ》の管理能力不足、だろ？　親父がこいつのこと、しっかり管理してれば、そもそもこんな騒ぎは起きなかったわけだし。騒ぎが起こったのを幸いにあれもこれもと欲張りすぎるのは、やっぱ、よくないと思うぜえ？」

　だいたい、なんできちんとこいつのこと、管理しとかなかったんだよ――？

簡単だったろうに――との邪羅の言葉に、藍絲は苦虫《にがむし》を噛《か》みつぶしたような顔になった。

「しょせん我等は強く抱いた想いで力と命を紡《つむ》いでいるようなものだしな。本来の想いを抑えつけるような真似《まね》をして力を殺《そ》いだところで楽しく……ああ、いや、その……ただ」

『ああ、いや、その』の部分を聞いた瞬間、随分魔性《ましょう》らしく出来上がりつつある息子が、実に人間臭い表情で――呆《あき》れ返ったというやつだ――反応を示したことに気づきつつも、藍絲はため息まじりに答えるしかなかった。

「織屍に限って、放り出していた件に関しては……まあ、その、なんというか……だか……」

どうしても言いたくないこと――あるいは認めたくないこと、というものは誰にでもあるものだ。

しかし、経験を積んだ実の息子は、そのあたりの事情など関係ないとばかりに、直球勝負を仕掛けてきてくれたのである。

「もしかして、同性に懸想《けそう》されるのが、人間で言うところの『鳥肌立つほど嫌いだった』なんて理由で……!?」

「お前は平気なのか!?」

邪羅の答えは――即時回答ありがとう、だった。

「んなわけないじゃん！　おれだってヤだよ、絶対！　でも、じゃあなんで親父、あいつのこと配下なんかにしといたわけ!?」

「能力的にはなんの問題もなかったわけだし……追放なりなんなりの手だてを取るとな、なにを仕出かすかわからない相手だったこともあるし……なにかするかもしれないとは常々思っていたが……」

まさかここまで大がかりな仕掛けを用意するとは、思ってもみなかった——との、藍絲の偽《いつわ》らざる本音を聞いて、がっくりと脱力した者約二名。

ふぁさり、とやわらかな曲線を描く白い髪をかきあげて、邪羅がつぶやいた。

「親父《おやじ》……それってば、やっぱ、間抜けすぎるって……」

反論したいのはやまやまだったが、この局面に至っては、言い訳めいて聞こえるに違いないことはわかりきっていた。

なんにせよ、自分に対して、全身が粟立《あわだ》つような嫌悪溢《あふ》れる計画を実行に移しかけてくれた——さらに言えば、自分の作品中でも傑作《けっさく》に属する彩糸を、いいように利用しようとしてくれた——織屍の処断に関してだけは、藍絲も譲《ゆず》るつもりは皆目《かいもく》なく、だからこそ戯《たわむ》れに相手に問いかけてみる気も起こった。

では、お前たちはどう決着をつけるつもりなのだ——？

そう口にするより先に、ずいぶん魔性《ましょう》らしく育ってくれた青年が、人間の悪戯《いたずら》小僧さながらの笑顔で、ぽん、と手を打った。

「じゃあさ、じゃあ。親父、ひとつ賭《か》けをしない？　そこの織屍の件にしても彩糸のことにしても……こいつが――さ」

くい、と顎《あご》で示したのは、カラヴィス大公国《たいこうこく》の公女で――。

彩糸の、以前人間であったころの姿に酷似《こくじ》した外見を持つ少女は、だが内に宿る魂《たましい》の若さ……いや、幼さゆえか、まったく違う輝きを放っていた。

どちらがどうというわけではない。

初めて見いだしたとき、マーセルヴィンスを包む雰囲気《ふんいき》を水のようだと感じたことを思い出す。ところが目の前の少女はぱちぱちと威勢よく爆《は》ぜる炎か……あるいは小さな旋風を思わせる。

好みからは外れていたが、興味を覚えさせられる対象に違いはなかった。

息子の持ち出す賭けの内容次第によっては、飲んでやってもいいかと思う程度には。単なる威勢のいいだけの子供なのか、それともなんらかの可能性を手繰《たぐ》り寄せられるだけの想いと運気の持ち主であるのか。

そうであるのなら、どのような輝きを放って見せてくれるものなのか――。

「なるほど？　その娘に……なにを委《ゆだ》ねると？」

「別に、委ねるもんなんかないけどさ……こいつは親父に彩糸持ってかれるのも、そこの織屍守ってるやつらがぼろぼろに傷ついて消え失せるのもイヤらしいからさ。どうしたいのか……いっぺん、こいつにまかせてやってくれないかな？　もし、こいつの力不足が原因で、なんにも変化なしだったら、親父《おやじ》の勝ちだってことで。こいつがなにかひとつでも結果出せたら、こいつの勝ちだってことで、こいつの望み聞いてやるってことで……どうだ？」

ずいぶんと藍絲にとっては分《ぶ》の悪い賭《か》けだ。

彼女の能力の発現によって『なにそれの事態』が起これば——とは邪羅は言わなかった。なにかひとつでも——という条件では、かなり少女に都合のいい賭けといえる。

だが、少女自身は、邪羅がいかに自分にとって都合のいい舞台を整えてくれたのか……自覚している様子はない。

はたして、少女は勝手に賭けの対象にされた事実に心底からの怒りを覚えたらしく、邪羅に嚙《か》みついた。

「なに、ひとのこと、勝手に賭けてんのよっ⁉」

「でも、こうでもしないと、親父絶対引いてくれないぜー？　まあ、自信ないんなら、さっさと尻尾《しっぽ》まいて引き下がればいいだけのことなんだしさあ……？」

挑発もあらわな邪羅の言葉に、少女は意外な反応を見せた。

「自信なんて、かけらだってあるわけないでしょうっ⁉」

完全無欠の敗北宣言——としか思えないはずの台詞《せりふ》を、なぜだか自信たっぷりに言い切ったあげく、少女は桜色の唇をきり、と嚙みしめ、新たな言葉を口にしたのだ！

「でも、イヤなのよっ！　こんなの、絶対イヤなの！　認められないのっ！　だったらどうしたら一番いいのか、わからなくってむしゃくしゃしてるのっ！　あたしだって……あたしだってねえっ！　一所懸命《けんめい》考えてるのよ！　まだどうしていいのかわかんないのに、勝手に舞台整えられたって、こっちは困っちゃうし、ほんとにどうしていいのかわからないし……なのにあんたは勝手に話進めるしっ！」

「じゃあ、頑張ってどうしたらいいのか考えな」

今をおいて他に機会はないのだと――。

ふざけた口調のなかに、真摯《しんし》に想いをこめて邪羅が少女に告げるのがわかった。

別段、親子の情はない。

それでも、見てみたいなりゆきというものはあるものだ。

「あんたって……本当っにっ！　意地悪ね！」

少女の憎まれ口に――。

「いまさら」

と、少年が笑った。

はてさて、どんな結果が待っているのやら……。

自分もまた、その結果を楽しみに……期待していることに気づいて藍絲は苦笑した。

少女がこれからなにを選ぶのか。

そうして、なにをもたらすのか。

まんまと乗せられたかもしれない、と彼は思った。

人間の心理ほど読み解きやすいものはなく、同時に人間が決死の覚悟でものごとに当たる際の底力というものほど想像しにくいものもない。

それを計算した上で、邪羅があの申し出をしたに違いないことを確信しつつも、藍絲は期待せずにはいられなかった。

勝負より心惹《ひ》かれる事象に引きずられる性質が、結局のところ自分の位置づけに、大きな意味を持っていることなど、とうに承知ではあったけれど、彼は興味とともに、リーヴシェランの繰り広げる結果と選択に意志を添わせた。

見てみたい、と彼自身——思ってしまったのだ。

仕方のないことだった。

※

「ほらよ」

邪羅の出現のせいで、すっかり忘れていた琴《こと》を差し出され、リーヴシェランは軽く目を瞠《みは》った。

織屍によって断ち切られたはずの弦《げん》が、ことごとく張りなおされていたからだ。

「ありがと……」

素直に受け取って、彼女はその場にすわりこんだ——藍絲の出現のおかげで、その空間はめちゃくちゃになっていて、腰を下ろせそうなものが皆目《かいもく》残っていなかったからだ。

ピン、と軽く爪弾《つまび》いてみる——音を確かめるために。

なにをしたいのか……考えてみる。

彩糸がいなくなるのはイヤ。織屍に人形にされてしまったひとたちの魂《たましい》が、物みたいに壊れて消えてしまうのは、イヤ。

けれど、それはしたいこと、ではない。

では、そうさせないためにはどうしたらいいのか。

ピン、と今度は別の弦を弾く。

彩糸を紫紺の妖主から解放したい……魂のみとなった彼らを、織屍の呪縛《じゅばく》から解放してあげたい……。

彩糸の場合は、自分が彼女を失わずにすむために、そうしてほかの魂たちに関しては、生き返らせることはできなくとも、生まれ変わることは可能になるように。

けれど、彼らの呪縛はとても強い。

人形にとって、人形師は生みの親……いや、あるいは神にも等しい存在かもしれない。

どうすれば、その絆《きずな》から解放することができるだろう……？

ピン、と幾本目《いくほん》かの弦《げん》を弾いた瞬間、リーヴシェランははっと息をのんだ。

激怒したり混乱したり自失状態だったりと、浮城《ふじょう》を離れて以来というもの、冷静にものごとを考えられる精神状態になかったせいで、邪羅に琴《こと》を差し出されたときも、深く考えることもなく受け取ってしまったのだけれど。

いつもの癖《くせ》で、調音を兼ねて爪弾《つまび》いたりしたのだけれど。

まさか……!?

ばっ、と邪羅を振り返ったリーヴシェランは、しかし相手の銀紫の双眸《そうぼう》から、答えを読み取ることはできなかった。『じゃあ、頑張ってどうしたらいいのか考えな』との、先程の台詞《せりふ》そのままに、手掛かりひとつ与えてくれるつもりはないらしい。

それでも、さも当然といった顔で、自分にこの琴を手渡してくれた行為自体が、最高の手助けだったかもしれない……とは思ったけれど。

でも……だけど、本当に、そんなことが可能なのかしら……。

不安を振り切ることはできない。

以前とは違って、リーヴシェランはもう、妖貴《ようき》の魔力の強大さを思い知らされていたのだから。

自分の力に絶対的な自信など抱けない。

人形師と人形の絆《きずな》を断ち切り、彼らの魂《たましい》を魅縛《みばく》できると無条件に信じることはできない。

魅縛とは、しょせんは支配で、支配とは力に因《よ》るものだとわかってしまったのだから。力において、結局人間は妖貴に対抗しえないことはわかりきっているのだから。

支配……じゃ、だめ。そう、支配するんじゃ駄目なんだわ……。

そんなものでは、絶対に太刀打《たちう》ちできない。

第一、リーヴシェランは彩糸やほかの魂たちを支配下において操ったり利用したりしたいわけではないのだ。

ただ、あたしは……。

なにをしたいのか、ではなくて——どうあってほしいのか。

どんな風に彼らに存在していてほしいのか——。

どんな状況下に、彼らにいてほしいのか。

「そっか……そういう、こと、なんだわ……」

ポロン、と弦を爪弾いて、リーヴシェランはつぶやいた。

でも、そんな使い方したことないわ……できるかしら……？

少しだけ悩んだ——これまで、相手を屈伏させ、従わせるためにしか、この琴を用いたことはないのだ。

魅縛の行為は戦いだった。

相手を魅惑し、魅力でもって従えて支配する……そのための戦いだった。

違う使い方など考えたこともなかった。

うーん……でも、この場合、ぶっつけ本番だってなんだって、やってみるしかないってことよね……。

ポロン、と弦《げん》を爪弾《つまび》いて、リーヴシェランは覚悟を決めた。

傷ついた、かつて同僚《どうりょう》だった者たちのことを思い出す。

アウィーア……レーヴゥン……。

アウィーアとは、大国の大貴族の令嬢《れいじょう》と小国の公女《こうじょ》という立場の違いはあっても、浮城を離れた場でも顔をあわせる機会が何度もあったせいで、けっこう親しくつきあっていた。うちわけ的にはふたりして、祖国の不利にならない程度の愚痴《ぐち》を言いあい慰め合う、という……けっこう不毛な間柄ではあったのだが、それでも立場的に接点がないわけでもないあの年上の女性と自分は、けっこういろんな――愚痴が大半だったものの――話題をネタに、つきあいをつづけていた。

互いに立場もあるし、身分違いの恋がいかに危険かはふたりとも知り尽くしていたものだから、そういった内面に踏みこむような話題が両者の間で取り沙汰《ざた》されたことはなかったけれど……一度だけ、アウィーアがため息まじりに洩《も》らしたことがあった。

「表向きではありがたがっているけれど……彼らにとって、わたくしは結局、生きたお守りみたいなものなの……扱いに困って浮城に面倒を押しつけておきながら、お守りの効能だけは手放すものかと思っているものだから、力が安定したとたん、国の財産扱いして取り戻そうとするのよね。しかも、あわよくば、浮城で培《つちか》った力でもって、国の役に立つ魔性《ましょう》捕まえさせて近隣諸国圧倒しようだなんて考えてる輩《やから》まで出る始末だし。やってられないわ。だけど確実に、そういう輩と一緒にさせられてしまうのよねえ……」

否応《いやおう》もなく――と多分にあきらめを含んだ愚痴を洩らしたアウィーアに、リーヴシェランは『そんな馬鹿げたこと考えない相手を選べばいいじゃない』

と提案したりしたのだ。

「そうね……どうにもぎりぎり他に手がなくなったら、本当にそうするしかないかも知れないわね……国というより住んでるひとたちのためには、なるべくいさかい起こしたくないけど……でも……うん、そうね……」

うんうん、と勝手に納得したらしいアウィーアの態度に、よかったのか悪かったのかわからないまでも、彼女自身なにやら納得がいったらしいことに「まあ、いいか……」と、楽観的な感想を抱いてしまったリーヴシェランは、その後の騒ぎに、自分が一役買っている自覚など持てなかったのだけれど。

でも、振り返ってみれば、きっと、アウィーアとレーヴゥンってば、きっとそういう仲だったのよね。

ふたりとも、互いの間に障害があることはわかっていたに違いない。

それでもなんとか解決していくつもりでいたに違いないのに――。

順調に運ぶとは到底思えぬ関係を、織屍につつかれてしまった。

決して親しくはなかったレーヴゥンとの、記憶に残る唯一の記憶を洗い直す。

相手が相手だけに、彼は常に用心していた……ように思う。

手掛かりひとつ、誰にも与えることのないよう、用心深く振る舞っていた。

思い返してみても、一度か二度しか、彼と接触した覚えはない。

ただ、やさしげだけど頑固そうだなあって思ったことはあったのよね……。

三番目に消えたシェスーンは、口にする言葉に力が宿るからといって、いつも言葉に気をつけていた——浮城の護《まも》り手《て》たちに悪い影響を与えないように。

そして、ガリヴァラ……。

気が合わなくて、いっつも喧嘩《けんか》ばかりしてたけど……いまでも、あんまり好きではないけれど……。

記憶のなかにある彼女の歌声の素晴らしさだけは、リーヴシェランにも否定できない。

カズスンの舞いは見事で、ときどき踊って見せてくれるのが、とても楽しみだった。人見知りで恥ずかしがり屋で、親しくつきあっていたわけではないけれど……。

人形は完成してしまった。

人形は壊されてしまった。

彼らはもう、以前と同じには戻れない。

けれど……未来へ向かうことはできるはずだから……。

心をこめて、願いをこめて、リーヴシェランは琴《こと》を弾きつづける。

生まれ変われば記憶はなくなってしまうかもしれない。魅縛師《みばくし》としての能力だって、消えてしまうかもしれない。

生きていくことは、苦しみも多いだろうから、幸福ばかり待っているとも限らない。

それでも、嬉《うれ》しいことや楽しいことだって、きっといっぱい見つかるはずだから……。

思わず、歌いだしていた——曲にあわせて……鎮魂《ちんこん》の歌を。

そうして歌い終えたとき、頰《ほお》や指先に、ほのかなぬくもりを感じた……と思った。

終わった……。

結果を見るのがほんの少しだけ怖くて、リーヴシェランはすぐには目を開けることができなかった。ひとつ、深呼吸して、ゆっくりと瞼《まぶた》を押し上げる。

真っ先に目に入ったのは、楽しげな邪羅の笑顔——。

「やればできるじゃないか」

と言われて、周囲に目を向けた彼女は、傷ついた魂《たましい》たちがすでに消えていることに気づいて、ほっと息をついた。

「よ……かった……」

つぶやいた彼女の耳に、不意に拍手が飛びこんできた。

振り向けば、紫紺《しこん》の妖主《ようしゅ》がぱん、ぱん、と手を打っていた。一瞬皮肉かと思ったリーヴシェランは、相手の表情や、身に纏《まと》う空気から、どうやら本気で感心してくれているらしいと判断した。

なんだか……嬉《うれ》しいかも……。

そう思った彼女は、次の瞬間、もっと嬉しい贈り物をもらった。

「リーヴィ……！」

懐かしい声——かけがえのない、大切なひとの美しい……自分を呼ぶ声！

「彩糸！」

大切な琴《こと》も放り出して、リーヴシェランは愛しい護り手へと駆け寄った。

大好きなひとに抱きついて、抱きしめる。

つまらなさそうな、小さな声が聞こえたのはそのときのこと。

「ちぇえっ。おれにはひとこともなしか……」

聞かせるつもりはないとわかる、本当に小さなつぶやきに、リーヴシェランはくすりと笑った。

もちろん、ちゃんとお礼は言うけど……そのつもりだけど。でも、長いこと、便りひとつくれなかったせいで、ずいぶん心配させられたんだから、もうちょっとぐらい意地悪してもいいわよね。

なにもなかった過去には戻れない。

けれど、未来に向かうことはできる。

望む未来を引き寄せるために、努力することも。

頑張ろう、とリーヴシェランは思った。

浮城の体質改善——そして、ゆくゆくはラエスリールに戻ってきてもらうのだ——という目的というか、野望を胸に、少女は瞳を輝かせた。

エピローグ

——わたしの最愛のお人形さん。

守ると誓った唯一の少女以外では、誰より大切に想うひとの声はやさしかった。

——約束だから、お前はあの娘の元に戻そう……確かに、あの娘のそばにあるお前は、わたしのそばにいるときより、わたしにとって魅力的に映るからね。

身勝手な言い分だった。

それでもじん、と胸が熱くなるのは、人形の、人形師に対する無条件の思慕《しぼ》ゆえなのだろうか。

——気が済むまで、あの娘のそばにいておやり。お前が望むのなら、転生するたび、守護についてあげてやればいい。地上にあの娘の魂《たましい》が存在するかぎり、わたしはお前を自由にしてやろう……けれど、ひとつだけ覚えておくがいい。そうでないときは、お前はわたしのものだよ……わたしは決してお前を手放さない。なぜならお前はわたしの人形で……人形のなかで、わたしが最も愛する存在なのだからね。

それは自らが作り上げた出来のいい作品に向ける造物主の執着《しゅうちゃく》と愛情――対等、あるいはそれ以上の存在に向ける想いではない。

わかっていても、彩糸《さいし》は嬉《うれ》しいと感じた。

あの方の心は、ただ唯一あの輝かしき焔《ほのお》の化身の御方のもの……。

けれど、恐らくはそれ以外の存在のなかで、最も愛されているのは――想いの種類の違いはあるとはいえ――自分なのだと、確信できてしまったから。

それは違うと、言う者もいるだろう。

そんな愛になんの意味があるのかと言う者も。

わかってもらおうとは思わない。わかってもらえるとも……思わない。

至福と呼ぶには、いささか胸の痛みが大きすぎる喜びだけれど。

それでも嬉しい、と彩糸は思った。

※

「ええっと……その、だからね……」

無事に浮城《ふじょう》に戻ったはいいものの、なにしろセスランの制止も聞かず、繊屍《せんし》の罠《わな》に飛びこんだという事情があったものだから、リーヴシェランは現在、自室においてセスランとサティンに両脇を固められた上に、正面の邪羅《じゃら》からも詳しい諸事情を求められるという……ほとんど吊《つ》るし上げ状態に置かれていた。

「紫紺《しこん》の妖主《ようしゅ》の配下の妖貴《ようき》だったのね、相手が……。それで、あたしが幼いころ、カラヴィスに残してた髪を核にして、影糸術《えいしじゅつ》の延長っていうか応用みたいな術使って、人形作り始めてくれちゃって、そのこと脅《おど》しのネタにして、彩糸のこと誘い出しちゃって、それから今度は彩糸を人質にあたしのことおびき出そうとしてくれちゃって……多分、先に狙ったほかのひとたち人形にした時点で、浮城の情報とかなんとか、全部引き出してたんだと思うんだけど……」

心配させられたのだから、きりきり白状しろ——と言わんばかりの有能な捕縛師《ほばくし》ふたりの無言の圧力の前に、リーヴシェランは洗いざらい事情を説明せざるを得ない状況に陥《おちい》っていたわけである。

いかに気丈な彼女であっても、セスランとサティンという、ある意味浮城の食わせ者双璧《そうへき》と呼ばれるふたりを相手に、しらを切ったり隠し事をするなどという真似《まね》は、いささか荷の勝ちすぎる行為であり、しかもふたりとも真剣とあっては、それこそ努力するだけ無駄——というものだったのだ。

本音を言えば、彩糸が捕まって、人質に使われたくだりは打ち明けたくなどなかったのだけれど、目端の利きすぎるふたりに誤魔化《ごまか》し工作は通用しなかったのだ。

虹色の髪もまばゆい最愛の護《まも》り手《て》は、神妙な顔で自分の迂闊《うかつ》さを詫《わ》びたわけで……まあ、かなり魔性《ましょう》のやり口には詳しいふたりはこだわる風もなく、あっさり理解を示してくれたわけなのだけれど。

「うすうすそういうことなのだろうとは思ってましたけどね」

セスランが一応の理解を示す言葉を口にした後、ふう、と息をついた。

「できれば、相手の手に乗る前に、ひとこと欲しかったところですね。多少でも事情がわかっていれば、こちらだとて、打てる手だてのひとつやふたつ、見つかるかもしれないわけですし……ねえ」

嘆《なげ》く素振《そぶ》りでしっかりサティンに目線を送るあたり、やはり万年青年捕縛師《ほばくし》の性格は侮《あなど》れないものがある。

「そうねえ、確かに。打ち明けてくれてたら、邪羅捜すのももっと早くにできてたと思うし……間に合ったのかどうかって件で、わたしたちが心労抱えこむこともなかったってのは事実よね」

水臭いじゃない——のニュアンスたっぷりの文句に、リーヴシェランが身を縮めたことは言うまでもない。

「御免なさい……でも、あのときは本当に切迫してて……あっちの脅《おど》し方も堂に入ってたのよぉっ！　この機会逃したら次はないって感じで……そ、それにいざとなったら、呼んだら来てくれるって思ってたし……って、え？　サティンたちが、邪羅のこと呼び出したの？　呼び出されてからあたしのこと捜しはじめたの……？」

それで、名前を呼ぶまで来てくれなかった——となれば。

ええっとっ！　もしかして、本当の本気であたしのこと捜してたのに、あたしが名前呼ぶまで場所がわからなかったってぐらいに……もしかして、そこまで危険な状況だったわけ、あのときのわたしってば⁉

いまさらながらに、冷や汗が流れ落ちる悪寒《おかん》を覚えるリーヴシェランであった。

しかし、当の邪羅は彼女の台詞《せりふ》が自分の実力不足を訴えているものと誤解したらしい。

「言っちゃなんだけどなあ。結界の張り方に関しちゃ、親父《おやじ》やその手下にかなうやつってばほとんどいないんだぞ⁉　隠すのうまいもんだから、見つけるだけで一苦労ってやつなんだからな。そんな結界のなかに自分から飛びこんどいて、いったい誰呼べばすぐ来てくれるだなんて能天気なこと考えてたんだー？」

お前、馬鹿？——的なことを面と向かって言われて、リーヴシェランが素直な答えを返せるはずもない。

彼女は、とてつもない負けず嫌いなのだ。

「そ、そんなの……っ！　ラスとあの非常識大魔王に決まってるじゃないのっ！」

「姉ちゃんたちが大変な状況にあるってこと、わかってて、それ言うか」

「わ、わかってるからっ！　あんた、呼んだんじゃないっ！」

「おれは代役かぁっ」

「だからそう言ってるじゃないのっ！」

どちらもちっとも素直になれない、青少年同士の罵《のの》りあいを横目に、ため息まじりに歓談する二人組がいたり……した。

「平和ですねえ」

「……そうねえ……」

「わかってるんでしょうかねえ」

「さあねえ……」

「どちらに面倒事、持ちかけられるんでしょうかねえ……？」

「さてねえ……？」

互いに自分はイヤだときっぱりはっきり思いながら、ただそればかりは時を待つしかないとわかっていた。

それでも、義務感というよりは純粋な好奇心ゆえに、リーヴシェランと邪羅の間に割ってはいる勇気を示したのはセスランだった。

「それで、問題の黒幕の目的はなんだったんですか？」

きかれた瞬間、リーヴシェランと邪羅のふたりは、それまでの口論も忘れたように、しげしげと互いの顔を見合わせた。

「そうね、そのあたりのことはやっぱり聞いておかなくちゃ。上のほうもけっこうかりかりしてるし、口裏を合わせるためにも、どういうことか説明だけは聞いておかなくっちゃね」

面倒事を全部セスランにまかせた場合、後々これを質にして、どんな注文をつけられるかわからないと思ったかどうかは定かではないが、すかさず問いを重ねたサティンの眼力は確かなものだった。

「うーん……リーヴシェラン？」

問われた少女の反応は見物だった。

「えっ!?　え……その……え、と……あーっ」

あと三年もすれば、絶世の美女と称されるようになるに違いない美貌《びぼう》の少女は、大いに焦《あせ》ったようだった。

「ええっと……つまり、あれってば、魅縛師《みばくし》の能力いくつも組み合わせて、でもって意中のひとを口説《くど》き落とそうってのが根っこだったような……ええっと、邪羅？　確か、そんなこと言ってたわよね？　でもって……」

「その話、こっちに振るなっての！」

「え？　でも、邪羅なんか全部わかったみたいな会話してなかった？　つまり、あれってば……あたし、よくわからないんだけど……っていうか、なにがどうなってるんだか、いまひとつ理解できないままなんだけど……？」

あれってば、もしかして――もしかして？

それ以上言葉を重ねられれるのが耐えられなかったのか、邪羅が「ああ、そうだよ！」と叫びだした。

「親父《おやじ》に横恋慕《よこれんぼ》したロクデナシが、どうしても親父のこと捕まえたくって罠《わな》張りめぐらせたんだよ！　そんで魅縛師《みばくし》たち全員人形に変えて、どうにかできるとか思ってやがったやつの、どうしようもないやけくそ劇だったんだよ……っ！」

「目的がそれだけだって聞いてしまったら、なんだかはた迷惑ここに極まれりって感じね」

部外者ならではの客観的な感想を洩《も》らしてくれたのはサティンだった。

「そうですねえ。はっきり言って、はた迷惑ですよねえ……」

こくこくとうなずきながら、結果報告を求めてきたのはセスランだった。

「それで、結局のところ、件《くだん》の妖貴《ようき》はどうなったのでしょう？」

問いかける相手はリーヴシェラン――当然のことながら、答えを持たない彼女は邪羅に問いかけることになり。

彼女の存在そのものが、弱みと呼んで差し支えない邪羅は、白状せざるを得なかった。

「結局、どうなったんだっけ!?　邪羅っ！　あたしわからないんだけど、あんた知ってる!?　知ってるわよね!?」

直に尋ねられたのであれば、あるいはシラを切ったかもしれない青年は、一瞬恨みがましげな視線をサティンとセスランのふたりに向けて、それから肩をすくめてみせた。

「親父が回収したあげく、処断したんだと思う…………………多分」

がっくりと肩を落とし、知る限りのことを告白した青年は、後日新たな事情を知るために、他者を訪れることとなった。

報復にもなり得ないのが、彼にとっては気の毒なことと言えたかもしれないけれど。

※

訪問者の顔を見るなり、忌《い》ま忌《い》ましげにちっ、と舌打ちしたのはサティンだった。

「なんでわたしに来るわけかなあ？」

一応部屋に招き入れて——相手は邪羅である——一応茶などふるまって、彼女はふうぅ、と大きく息をついた。

「まあ……本気で随分《ずいぶん》迷ったわけだけど……あんたのそばにへばりついてるやつのことが気になって仕方ないってのもあって……。そいつ、鎖縛《さばく》だろ？　なんで姉ちゃんに封じられたはずの妖貴があんたの護《まも》り手《て》になんか納まってるんだ？」

ついでに言うなら、鎖縛はラエスリールを手に入れるためにサティンを捕らえ、その護り手である架因《かいん》の命までも奪った。

サティンにとって仇《かたき》としか呼びようのない相手が……しかも捕縛師《ほばくし》の能力でもって命のことごとくを封じられたはずの存在が、なにをどうやって護《まも》り手《て》に変じるというのか。

「わたしも鎖縛も双方ともに不本意だわよ。だけど、ラスおびき出す餌《えさ》になんかされたくないし、なりたくもなかったし……そうしたら上に干渉《かんしょう》されないだけの実力持った護り手ってば必要不可欠だったし……そしたらあの迷惑大魔王ってば、よりにもよってこいつの封印解いてくれるし。なんでもラスの魅了眼《みりょうがん》の効力とあいつの支配力あわせると、どうやらこいつわたしの言うこと聞くしかないらしいし。はっきり言って面白くないけど、利用できるものはなんでも利用するって頭のやからのために道具やら餌扱いされるのに比べれば、まだましかもしれないとか思うわけだし」

憤懣《ふんまん》やるかたない——との想いをあらわに文句垂れ流し状態のサティンであったが、もちろん新たな事態にだって気づかずにいられるほど無頓着《むとんちゃく》ではなかったのだ。

「けっこう大変な修羅場《しゅらば》、必死でくぐり抜けたみたいだから……リーヴシェランのほうはまだ知らなかったりするわけ……よね……？」

「……あって、欲しかったけどね」

仕方なし、肩をすくめて答えた邪羅に、さもありなんとばかりに、サティンはふうぅ、と息をついた。

「ラスのこと、どうこう言える立場じゃないってこと……理解してくれたら、邪羅の負担も減るんでしょうにねえ……」

「まあね」

深いため息と同時にそう答えて、邪羅はしんみりとうなずいた。

「一番穏便にすむのは、彩糸が説明してくれるって線なんだけど」

「ああ、それはないわ」

言い切られて邪羅は多少ぐれてしまった。

「でも、結局のところ、誰かが言わなきゃ始まらないだろうっ⁉　よりにもよって、あいつのおかげで生まれ変わる可能性見つけられたお礼に、あの魅縛師《みばくし》たちが、持ってた能力ことごとくあいつに押しつけて……魅縛師としての能力、異常に威力倍増させた……だなんて」

恐ろしすぎて、話にもならない。

現在、リーヴシェランはあの騒ぎのせい……というかおかげというか、複数の魅縛の能力を併《あわ》せ持つ、浮城史上でも稀有《けう》な存在となってしまったのである。

体質的にあわない能力は、眠りつづけるしかないだろうが、それでもシェスーンの言霊《ことだま》の魅縛の力、ガリヴァラの歌声の魅縛の力、カズスンの舞いの魅縛の力は、少しでもものの見える人間の目には無視しがたい輝きでもって、彼女のなかに宿り直している。

それらが互いに共鳴しあうものだから、能力はいやますばかり。

早晩、彼女に周囲の視線が集中するのは、想像するまでもないことだった。

「誰か、あいつに自覚持たせて欲しい……よな」

共感できるっちゃできるけど……でもねえ。

やけにのんびりした口調でサティンは言ってくれたりしたわけである。

「気づくまで放っておくしかないんじゃないの……？」

「それはそれで……物凄《ものすご》く怖い気がするんだけど……？」

「でも邪羅、思いがけない付録のことまでつけ加えて、あなた、リーヴィに詳細説明できる……？」

サティンの真摯《しんし》な問い掛けに、白銀の青年はふるふるとかぶりをふって否定した。

「そ、それは……」

「じゃあ、自発的に気づいてくれるまで、放っておくしかないってことよね？」

「う、う、……うん……」

他に答えようがなくて、つい口ごもってしまった青年姿の、それでもまだまだ子供の彼に、サティンは――結局他人事《ひとごと》だからなのかもしれないが――にっこり笑って言い切ってくれたり……したのだ。

「まあ、深く考えたってどうにもできやしないんだから、ここは落ちついていきましょう……ね？　なにも爆弾抱えこむのはあなたもわたしも初めてってわけじゃないんだから。いまさら爆弾の一個や二個、抱えこんでも大した違いじゃないはずよ？　みんなで頑張って、明るい未来を摑《つか》み取りましょうね」

語尾を弾ませ、言い切られて——邪羅は、それは少し問題が違うのではないかとは思ったものの、目の前の美女に逆らうのもなにやら恐ろしい気がして、結局首を縦に振ることになった。

もしかして、好意抱いた相手に振り回されるのって、おれの宿命なのか……？

などと、ちらっと想いはしたものの。

それでも、爆弾第一号はもちろんのこと、第二号の面倒やらなにやら、みることになんら不満を覚えていない事実は、自分のなかでしっかりと固まっていて。

まあ……仕方ないか……。

邪羅はあっさりそう片づけた。

苦みの混ざったその笑みは、傍目《はため》にもあまり……不本意そうなものではなかった。

いびつな螺子《ねじ》

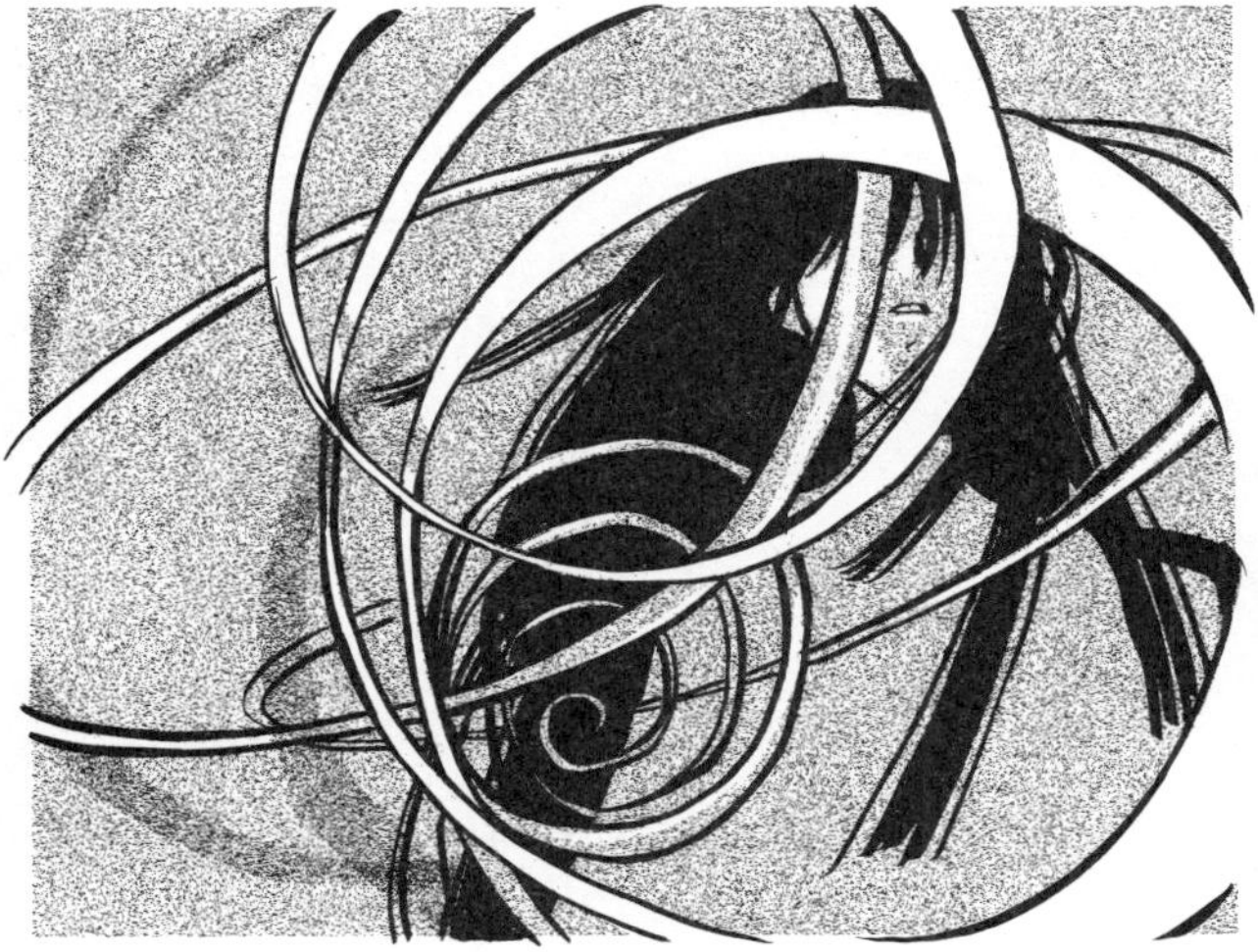

プロローグ

男は螺子《ねじ》を巻く。
愛する女のために。
愛する女の望みのために、きりり、きりりと螺子を巻く。

女が螺子を巻く。
生まれなかった我が子のために。
我が子をこの世に生み出すために、きりり、きりりと螺子を巻く。

そうして子供も螺子を巻く。
母を亡くした父のために。

父のため、愛する母を取り戻そうと、きりり、きりりと螺子を巻く。


三人が、時をずらして螺子を巻く。

望みをかなえるからくり仕掛け——。

動かすために……きりり、きりりと螺子を巻く。


きりり、きりりと螺子が巻かれる。

時に、世界に、空間に——。

歪《ゆが》んだ螺旋《らせん》が描かれる。

※

「なぜ」

と、女はつぶやいた。

その疑問がどこに向けられているのかさえ、自覚できぬままに洩《も》れたつぶやき——。

「なぜ……」

か細くなりゆく自らの息に、困惑を覚えて彼女は目を瞑《つむ》る。

なぜ、どうしてこんなことになったのか……。

下肢《かし》にはまだ鈍痛が残っていた。当たり前だ。ほんの先程、彼女は子を産み落としたばかりなのだから。

なぜ……。

不思議で仕方ない。

あれほどに望んだ子供だった。この子さえ産み落とすことがかなうなら、自らの命などどうでもいいと思っていた。

永遠にもつづくかと思われた苦しみと痛みの果てに、耳にした赤子の声に、どれほど胸が熱くなったことだろう。嬉《うれ》しくて、嬉しくて……だから、間もなく自分の命が尽《つ》きることさえどうでもよくなった。

これでようやく……あの子を産んであげられた。

そう、思ったのに――だから、代価として自分の命が潰《つい》えるに不満も覚えなかった。

「けれど……どうして……？」

女はつぶやいた。

あれほどに願いつづけたことがかなったというのに、どうしてその願いや喜びが、とても遠くに感じられてしまうのか……。

自分の心がわからない。

「今度こそ、産んであげられたのに……」

知らずつぶやいた言葉に、違和感を覚えて女は息を呑《の》む。

今度こそ……？

以前、どうして自分は子供を産んでやれなかったのか——疑問が胸に浮かんだ。

流産したのか、それとも死産だったのか。

考えられることはいくつかあった。だが、本能的に彼女はそうではないことを確信してしまった。思い出してしまったのだ。

わたしは……あの子を産み落としてあげることができなかった……。

呆然《ぼうぜん》と、女はその理由を受け入れた。

だって、わたしはその前に死んでしまったのだから！

矛盾《むじゅん》に女は混乱した。

では、自分はなんなのか。死者に子供が産めるはずはない。そう、自分は生きている……生きて、確かに今度こそ、望みをかなえて——。

そう、わたしは望みをかなえた……。

そのはずだと思う女の脳裏で、ぱりんと薄氷が割れるような音が響きわたったのはその刹那《せつな》のことだった。

そう、それは『彼女』の望み……。

それまで自分と信じていた意識や記憶とはまったく違う、新しい……いや、長いこと封じられてきた、女本人の意識が甦《よみがえ》る。

「そんな」

過去の事実と確実な未来に気づいた瞬間、女は青ざめた。

自分の命は尽《つ》きるのだ——別人の望みをかなえるそのために、命そのものの持つあらゆる力を子供に注ぎこんでしまったのだから！

「そんな……馬鹿なことが……!?」

信じられなかった。

自分が死んでしまうことはもちろん、自分が気づかぬまま、誰かに操られていた——その事実こそが。

そんな……あたしが死霊《しりよう》ごときに操られるだなんて……!?

あってはならないことだった。そう自覚した瞬間、女は心を決めた。

時を戻すことはできない——少なくとも自分程度の力では、それはかなわない。だが、自分の力は完全に失われたわけではない。別の器《うつわ》に移されただけだ……そう、生まれたばかりの、あの赤子に。

ならば取り返せばいいだけのことだわ……！

相変わらず重い体を無理やり起こして、女がまさにそうしようとしたとき——。

彼女のものではない、男性の声が聞こえた。

「これで……お前は満足なのか……？」

親しげで、ひどく哀しげな声だった。

けれど、それは女の知る誰の声でもなかった。

ただ、それでも女は確信した。

この声の主こそが、赤子の父親に違いないのだと。

千々《ちぢ》に引き裂いてやる。

赤子もその男の存在も、決して許せるものではなかった。

ほとんどの力を奪われたとはいえ、まだ人間の男を引き裂く程度の力は残っている。

まずはこの男を……次に赤子、そうして……力を取り戻したら、こんなふざけた茶番を仕掛けた死霊を粉々《こなごな》に砕《くだ》いてやる……！

女の決意は固かった。

なにがあろうとそうしてやるのだと、強く心に刻んだ。

強い想いは力を呼ぶ。あるいは女は、そうできたかもしれなかった——声の主を振り返りさえしなければ。

女の目に映ったのは、やはり見たこともない男だった。

だが女——晴兪《せいゆ》が自分の意識を保てたのはそこまでだった。

圧倒的な力でもって、彼女の意識は再び封じこめられる。死霊《しりょう》の存在を知りつつも、晴兪は抗しきれなかった——強い想いは力を呼ぶ。死霊の想いは晴兪の憎悪さえ凌駕《りょうが》するものだったのだ。

晴兪ではない女が、男に微笑《ほほえ》みかけた——嬉《うれ》しさと切なさと哀しみをたたえた瞳で。

「ええ、あなた……。あなたを残していくわたしを許して……けれど、わたしはどうしてもあの子を産みたかった。あなたに子供を残したかった。あなたと別れなければならないのは哀しいけれど……それでもわたしは満足よ」

けれど、ごめんなさい——。

最後にそうつぶやいて、晴兪ではない、晴兪の存在を支配する女は目を閉じた。

力を失った女が、寝台に倒れこんだ。

死んだわけではない。だが衰弱しきった『肉体』が、間もなくそのときを迎えることは、誰の目にも明らかだった。

哀しみをたたえた瞳の男が、静かにそんな女に近づいた。

熱を失いつつある女の右手を取り、男は愛しげにその指を口元に運んだ。

「やはりお前は逝《い》ってしまうのか……」

それが男の愛する女本人でないことにも気づかぬのか、男は固く目をつむる。

ささやきに似た声の紡《つむ》ぐ響きは『晴愈』ではない。

「内梨《ないり》……」

死者すらも応えずにはいられない――そんな絶望と愛しさに溢《あふ》れた呼びかけに、けれで『内梨』はもう答えない。

「お前も……逝こうとしてしまうのか……」

つぶやいた男の双眸《そうぼう》に浮かぶ光は絶望と怒り――。

そうして男は儀式を始める。

彼にとっては、神聖な儀式を。

赤子の鳴き声が大きく響くその部屋で、男は無言で儀式だけに集中していた……。

目覚めたとき、そこが見知らぬ場所であることに気づき、ラエスリールははっと息を呑《の》み、反射的に身を起こした。

ここは……っ!?

浮城《ふじよう》の自室でないことだけは確かだと、そこまで思って自嘲《じちよう》の笑みを口許《くちもと》に刷《は》いて、彼女は苦いため息を洩《も》らした。

見知った部屋で目覚めることが、二度とないであろうことは、いいかげん心に刻んだつもりでいたのに、まだまだ心は望みを捨てきれてはいないらしいと思い知らされたせいだった。

もう……どれほどになるだろう……?

突然に行方《ゆくえ》の知れなくなった護《まも》り手《て》である青年を捜すために、自ら浮城から飛び出したのは……あれはいつのことだったか。

覚悟していたつもりだった。二度とは戻れないのだと。

それでも自分は飛び出さずにはいられなかった。待っていても、彼は決して戻ってこないと心のどこかで知っていたのかもしれない。自分で行くしかないのだと――その行為が親しいひとたちとの決別ともなりかねないとわかっていても、動かずにはいられなかった。

その選択をした瞬間、ラエスリールは心に刻んだのだ……二度と、見知った……浮城の自室で目覚めることはないのだと。

その覚悟はとうについていたはずだというのに――いまだに当惑するとは、自分の覚悟はずいぶん甘いものだったらしい、と認識せざるを得ない。

「もう……二年近くが経つのに……」

その間、いろいろなことがあった――いや、ありすぎた。

自分の出生が複雑な自覚はあったが、あのころはまだ、自分は妖主《ようしゅ》と人間との間に生まれた半人半妖《はんじんはんよう》だと信じていた。魔性《ましょう》の血をひいてはいても、それは限りなく薄いもので、半分以上は人間なのだと信じていられた。よもやまさか、自覚がないだけの、命をふたつ持つ正真正銘《しょうしんしょうめい》の魔性なのだとは想像もしていなかった。

命のひとつはすでに失われてしまった。

いまの自分はひとつきりの命を宿しているだけの……命数的には人間と変わらない存在だった。けれどこれまでの人生の大半を人間だと信じて生きてきたのだと言っても、そうして命数がひとつきりで、人間と同じだと言われても、もうそうだと信じることはできない。命数が減ろうとも魔性は魔性なのだから。

自分が魔性《ましょう》である限り、魔性に対抗し得る唯一の組織と言われる浮城に戻れるはずもない。

どれほど懐かしく大切なひとたちがいる場所であろうとも、二度とは戻れない。

唯一方法がないわけではないのだが――つまり、浮城の魅縛師《みばくし》に忠誠を誓い、協力者たる魔性『護《まも》り手《て》』として戻るというやつがそれだ――ラエスリールはその可能性に気づいてはいなかったし、たとえ気づいてそうしようと思ったところで「とんでもない！」と大反対する人物たちは目白押し状態だったし、最大の問題として彼女を魅縛できる人材が、はたして浮城に存在するかどうか……というものもあった。

現実問題として、彼女が浮城に戻れる可能性は皆無も同然だったわけで――その理由に関する自覚が本人になかったとしても――その事実だけは、彼女もわかっていた。

それは甚《はなは》だしく周囲や現実的な評価や判断からずれたものではあったわけだが、結果的に周囲と本人のはじき出した結論が一致したことは、ある意味幸いと言えたかもしれない。

なんにせよ、彼女は自分の現実を把握《はあく》していた。

そうして改めてこの状況に意識を向けたわけである。

おや？

自嘲《じちょう》やらなにやらを、なんとか胸の内で片づけて、そうやって改めて室内を見回したラエスリールは、本当にそこが一度も見覚えのない場所であることに……ようやく気づいた。

ここしばらくというもの、実父殺しの濡《ぬ》れ衣《ぎぬ》をかけられたせいで、あちこち忙しく逃げ回ってきたわけだから、意識を取り戻した場所が初めてのそれ、というのはあまり珍しいことではなかったが……それでも、ここは記憶にかけて、一度たりとも目にしたことのない場所に違いなかった。

まあ、それすらも珍しいことではなかったが。

ただ、そういう場合、必ず最初に目に入ってくる人物はいつもほとんど——いくつかの例外はあるとはいえ——決まっていて、その相手の姿が視界に入らないことにちょっとした不安を覚えた。

そんな自分の心の動きに気づいて、ラエスリールはぼそりと「まずいな」とつぶやいたわけなのだが。

頼りきって、負担になってはいけないと心掛けているつもりだというのに……最初にあいつの姿を捜して……求めてしまうとは。

最近、体質が変わったのか、四六時中そばにいられると胸が苦しくなって、近づかないでほしいとか思うというのに、いるのが当たり前の青年が、そばにいないだけで不安を覚えてしまう身勝手な心情を、ラエスリールはよくないものだと切り捨てる。

わたしは……なんて勝手なんだろう……。

護り手である青年の姿が見えないことに不安を覚える一方で、いないことに安堵《あんど》している。

無茶苦茶すぎる、とラエスリールは思った。

思った瞬間、ぼんやりと霞《かす》んでいた部分の記憶が甦《よみがえ》る。

追っ手持ちの自覚だけはしっかりある彼女であったから、場所を移動するたび、酔狂《すいきょう》で自分の護《まも》り手《て》になったとしか思えない妖主《ようしゅ》の青年が、ころころと姿を変える……というか、化けることには慣れているつもりだった。

人間とは思えない美貌《びぼう》はそのまま、色彩だけ変えて、人間とは思えない美貌の青年に化けることもあれば、あの性格さえなければ別人としか思えないような、どこから見ても人間にしか見えない人物に化けてみせてくれたりもした。

魔性《ましょう》はそもそもが精神そのものが存在の本質だという話だから、外見がどう変わろうが、声がどう変わろうが、その気になれば自由自在なのだと……だからどう化けようが驚きはしないという覚悟がラエスリールのなかでは、多少なりとも育っていたはずなのだ……が。

さすがは妖主というべきか、単に認識が甘かったというべきか……この街を訪れた際の、件《くだん》の青年の化けっぷりにはさすがに驚かされた。

姿だけじゃない……口調や気配まで完全に別人としか思えないぐらいに変わってて……。

甦ってきた記憶は、きちんと現実だと認めた上でも、どうにも違和感を覚えざるを得ないもので——。

ぞわぞわっと、悪寒《おかん》を覚える。

思い出しただけだというのに、全身が粟立《あわだ》ってしまった事実を、ラエスリールは受け入れざるを得なかった。

「気色……悪い……」

正直な感想を口に乗せながら、どこかで彼女は「失礼な」と、反論する声を待っていたのかもしれない。

だが、それはなかった。

「お目覚めのようですね」

聞いたことのない声だった。

落ちついた、青年の声――。

反射的に振り返って、ラエスリールはそれを確認した。

誓って、見知らぬ相手だったのだ。

記憶のどこにも引っ掛かるところのない、見知らぬ相手と対峙《たいじ》する機会……は、逃亡生活の長かった彼女にとっても珍しいというか、ほとんど初めてのことだった。

「ええと……その、はい」

取《と》り敢《あ》えずうなずいて、ラエスリールは青年をじっと見つめた。

そうして、素朴《そぼく》な疑問を口にした。

「わたしは……なぜ、ここにいるんでしょう？」

青年が、困ったように首をかしげた。

「覚えて……らっしゃらない……？」

なにを、と聞きたいのはやまやまだったが、青年の指摘は正しかったので、彼女は「はあ」とうなずいた。

返ってきたのは盛大なため息まじりの忠告だった。

「駄目ですよ、あなたのような若いお嬢《じよう》さんが、ひとりきりであんな酒場に入ったりしては……狙ってくれと言っているようなものです。気をつけなさい」

自分の容姿が以前とはかなり違う自覚も、年頃の女性が気をつけるべき危険も――なにもわからないラエスリールは「はあ？」と答えるだけだった。

本当になにひとつわかってはいなかったから――そのことがわかったのだろう、青年は困ったようにう一ん、とうなった。

「なんだかなあ……」

誰にともなくつぶやいた青年の声は、どこか途方に暮れているようにも聞こえた。

ラエスリールも混乱していた。

なにがどうなっているのか、全然まったくわからなかったのだ。

※

ガンダルース大陸最東に位置するチェ・ササンは、浮城に発言権を持つ数少ない国のひとつに数えられている。

浮城は魔性絡《ましょうがら》みの事件に際し、多額の報酬《ほうしゅう》を請求することで知られているが、人的育成のためにかかる費用は莫大《ばくだい》な額を要するため、懐《ふところ》事情はさほど豊かとは言い難い。とは言え、魔性に対抗できる唯一の人材をかかえる組織ということで集まる各国からの寄付は、浮城にとってありがたいものなのだ。

無論、だからといって、多額の寄付をしてくれる国からの依頼に関して、請求額を軽減するようなことはしない。いずれの国家権力にも属さない、独立組織である浮城には、世界中の信頼と評判を守る義務があった。正規の報酬さえ支払うならば、いずれの国にも人材を派遣し、ひとびとの安全を守るという姿勢を貫き通さねば、あちこちで大変な騒ぎが持ち上がることを初期の組織の指導者たちが見抜いていたためとも言える。

魔性の力は強大である。だが、強大すぎる魔性の力を利用しようと考える人間だとて存在しないわけではないのだ。ほとんど無謀《むぼう》ともいえるその種の企《たくら》みは、大抵が首謀者の自滅という形で終息するのだが、なかには成功する例も稀《まれ》ながらある。

妖鬼《ようき》のたぐいに報酬――早い話が贄《にえ》なのだが――を約束し、代わりに魔力をふるわせるのだ。国同士の戦いにあって、魔性たちの力は大きな鍵《かぎ》ともなり得るのだから、考えついた者は過去にいくらでもいた。

そんな場合、唯一の対抗手段を持つ浮城が、不平等な態度を取ったとしたらどうなるか。

魔性《ましょう》との契約を持つか否《いな》かの違いだけで、世界の地図はたやすく書き換えられてしまう。そのような事態は浮城にとっても望ましくはない。大抵の魔性に忌《い》み嫌われている組織なのだから、大きくなりすぎた国によっては組織の存続も危うくなるかもしれない。そうでなかったとしても、特定の権力と結びつくことは組織の腐敗につながりかねない。

金権主義は人間を堕落《だらく》させる。決してそのようなことにはならぬようにと、各国との距離を適度に設けた先達《せんだつ》には、先見《せんけん》の明《めい》があったと言えるかもしれない。

もっとも、完全に中立であるには莫大《ばくだい》な運営費の関係上、無理があったわけだが。

多額な寄付をする国に対しては、どうしてもなんらかの見返りを用意せざるを得なかったのだ。たとえば数件もの依頼が重なった場合、本来は先着順——とは、俗《ぞく》な言い回しかもしれないが——に対処していくところを、発言権を持つ国の依頼を優先させるのも見返りのひとつであるし、派遣人員の水準を相手方の要請に合わせて少しばかり上げる……というのもある。

片手で足りる程度とはいえ、そうした国は確かに存在する。

だが、チェ・ササンが特異なのは、かの国が浮城に巨額の寄付をしているわけではない、という点だ。

そもそもチェ・ササンは大国とは呼べない。

海に面して細長くのびた国土は、確かに貿易などで潤《うるお》ってはいるが、商人たちの安全をはかるための出費はなまなかではなく——富の集まる場所には、どうしたところでその懐《ふところ》を狙う不埒《らち》な輩《やから》も集まるものだ——豊かではあっても豊かすぎるわけではない。

小国とは言わないが、ほどほどの広さとほどほどの豊かさを誇る中堅国でしかない。

では、なぜそんなチェ・ササンが浮城に発言力を持っているのか。

簡単である。

浮城にとって有益な人的資材に、この国ほどに恵まれた国はないからだ。

つまり、浮城の求める捕縛師《ほばくし》、破妖剣士《はようけんし》、魅縛師《みばくし》——それぞれの、人間としては特異とも言える素質を持つ子供が、チェ・ササンに多く生まれるわけだ。しかも資格を獲得する確率が、チェ・ササン出身の子供は高い。

なぜ、そのような結果が出るのか、浮城は何度も調査を重ねたが、結局原因を読み解くことはできなかったという。

それでも、チェ・ササンにそうした資質を持つ子供が多く生まれるのは事実以外の何物でもなく、それゆえに浮城はこの国との関係を良好に保つ必要性を抱えこむこととなった。

更に言うなら、浮城との契約を終えたチェ・ササン出身の資格保持者の大半が、祖国に戻ることを選んだことも、資質を持つ子供の出生率を上げる一翼《いちよく》を担《にな》った感もある。

浮城にとって必要不可欠なものが『特異なる資質を持つ人材』である以上、チェ・ササンを粗末《そまつ》に扱うことはできなくなってしまったのだ。

……まあ、そういうわけで、チェ・ササン出身の捕縛師《ほばくし》やら破妖《はよう》剣士やら魅縛師《みばくし》がかなり多いことだけは知っていたラエスリールであったが、闇主《あんしゅ》の強引無比なる瞬間移動——空間移動と言うべきかもしれないが——によって、突然連れて来られた街シェスカリが、チェ・ササンの地方都市だと聞いた瞬間、難しい顔になってしまった。

前述の理由によって、チェ・ササンと浮城の関係は深い。浮城との契約を終えて祖国に戻った者たちとて、縁が切れたわけではなく……つまりは浮城から脱走したも同然の自分たちが気軽に訪れていい場所とは思えなかったのだ。

「なぜ、よりにもよってチェ・ササンなんだ……？」

尋ねたところですべてを打ち明けてくれるとは限らないことを承知で、それでも問わずにおれなかったラエスリールは、振り返った瞬間我が目を疑った。

「……………闇主……………？」

ほかに人影ひとつない場所であり、しかもすぐ後ろにいる人物が入れ代われば、いくら鈍感な人間であろうと気づかないはずはないわけで……だから、それが他の誰かである可能性はほとんど皆無だとわかってはいたのだ、ラエスリールも。

それでも確認を取らずにいられないほどに……闇主は奇妙なモノに『化け』ていた。

「なにを気持ち悪そうな目で見ているのかしら？　ずいぶん失礼な態度を取ってくれるものね」

つむがれる声と言葉づかいに、全身から血の気《け》がひいたところで、誰も自分を責めることはあるまい、と彼女は思った。

だが、それは目の前の相手の本来の姿を知っているがゆえ、のこと。

客観的視点に立てば、意見はまったく別のものになる。

別段、おかしなところはなにもないのだ——その外見の主に見合う声や口調という意味では、この上なく似合ってさえいる。なにしろ闇主は妖貴《ようき》の女性でも滅多に見ないほどの『美女』の姿を取っていたのだから。

波うつ豊かな髪は、純金に鮮血をまぜたような独特な色彩と輝きを放っていたし、真白の肌はその髪をこの上なく際立たせている。瞳も人間には珍しい朱橙色《しゅとうしょく》で、器用にも義眼のほうもまったく同じ色彩だった。

紅《べに》も刷《は》いていないというのに、やや薄めの唇はあでやかな真紅をたたえていたし、その唇の刻む笑みは、女性であるラエスリールから見ても蠱惑《こわく》的だった。

細く長い首、なだらかな曲線を描くまろやかな肩、すらりと伸びた四肢《しし》もやわらかな絶妙な線を描いている。細く長い、形のいい指先には、紅く染めた花びらのような爪——毒々しさ一歩手前の、華やかな……奇跡のような『人間』の美女。

いや、とラエスリールは思う。

かすかな違和感を覚えたのだ。

「人間に化けるのはいつものことだとして……女性になるのは、まあ、わたしは初めて目にしたわけだが……その妖気はどういうことだ？」

たとえどんなとんでもない――つまり、人間離れした美貌《びぼう》そのままに、色彩だけ変えた人間など、ひとめ見ただけで怪しいと宣伝しているも同然なのだが――姿を纏《まと》おうとも、人間を装《よそお》う場合、彼はひとかけらの妖気も放ったことはなかったのだ。

それなのに、いまの彼――女性の姿をとっている以上、彼女と呼ぶべきかもしれないが――からは、微かながら、確かに妖気が放たれている。ラエスリールが不審を覚えるのも当然だった。

しかし、女性の姿を取った闇主は、ラエスリールの問いに真面目《まじめ》に答えるつもりがないのか、「あら、そう？」ところころと笑った。

「長くやっていなかったせいかしらね？　女性と男性では微妙な部分で調整するところが違うものだから、ちょっと失敗してしまったかしら？」

けれど、大した問題ではないわ――。

あっさりと闇主は言い切った。

「この程度の妖気なら、気づかれることはまずないわ。浮城の住人だって、そうそう気づけるものではないのですもの。あなたが気にすることはないわ」

闇主が時に大雑把《おおざつぱ》になることは、これまでのつきあいでラエスリールは知っていた。

神経質とは到底呼べない性格の持ち主は、『終わり良ければすべて良し』をモットーにしているきらいがあり、「要は帳尻《ちょうじり》が合えばいいんだよ」とうそぶく姿を何度も目にしたことがあるのだ、実際。

けれど、この時の闇主の態度に、なにやら不自然なものをラエスリールは覚えた。

強《し》いて言うなら勘としか呼びようがないのだが、なにかが不自然だった。この手の違和感は初めて味わうものではなかった。こういうとき、闇主は必ずなにかを企《たくら》んでいるのだ──しかもラエスリールにはなにも知らせずに。

出会って以来、どれだけ振り回されてきたか知れないラエスリールだからこそ──もっとも、振り回されているのは自分のほうだ、と闇主自身は主張するかもしれないが──感じるものがあった。

「そんなことを言って、闇主。お前はなにを企んでいるんだ？　だいたいなぜ、女性に化けなければならないんだ、しかも妖気を微妙に洩《も》らすような気配まで装って？　わざわざチェ・ササンに来たのもわからない……お前、いったい今度はなにを企んでるんだ？」

真剣な眼差しで問いかけたラエスリールに、闇主は案《あん》の定《じょう》「気の回しすぎだわ」と白《しら》を切った。

いつもの彼のやり口だった。大切なことはなにひとつ自分に教えてはくれないで、勝手に下準備をして勝手に事態を動かして、勝手にこちらを巻きこんで振り回して……そうして勝手に

『帳尻《ちょうじり》』を合わせてくれるのだ。言ってくれないのが悔しいのだと、騙《だま》し討《う》ちも同然なやり方が、自分を信じてもらえていないことの証明のように思えて哀しいのだと、どうしても彼はわかってくれない。

「ふざけるな！　ひとのことを道具や玩具《おもちゃ》みたいに扱うなって、何度言ったらわかるんだ!?　お前はちっともわかってない！」

すべてを打ち明けろとは言わない……言えない。

初めて出会った十二のとき、彼を見たとき感じた印象は『赤い闇の王』だった。闇でありながらあざやかに赤い……あのとき感じた色は、鮮血そのものだった。

その印象が正しければ、自分と出会う以前の闇主がどのような生き方をしていたのか、想像することはできるではないか。世界を真紅に染めあげて、彼は生きつづけてきたのだ……遊びと称して。

そのすべてを知るのは正直恐ろしい。知ってしまった自分がその先どうするのか、想像もつかないだけに、尚のこと。恐らく彼は、自分には到底許せぬ罪に手を染めているのだ。けれど、だとしても自分はとうに彼を選んでしまっている。父でなく弟でなく……浮城でやさしくしてくれた、自分以上に大切なひとたちでなく。

闇主が隠すのは、そんな自分を気づかってのことだ。

それぐらいのことはわかる。

けれど、我慢がならないのは、誤魔化《ごまか》そうとしたり騙そうとする彼の態度だ。

いままさに、彼が自分に対してなそうとしている行為だ！

「お前がそこまでわたしに隠そうとするのなら、きっとなんらかの因縁《いんねん》があるんだろうってことぐらいは想像できる。それをお前はわたしに知られたくないんだろうってことだって……っ！　わたしだってなにもわからないわけじゃない！　なら、なんで誤魔化しや嘘を最初に持ってくるんだ⁉」

聞かれたくないことなら、「聞くな」と言えばいい。

もちろん自分は不満に思うだろうが、我慢できないわけではない。本当に心底から、相手が知られたくないと思っているのなら、自分はきっと引き下がる……まあ、そうなるまでかなり渋りはするだろうが。

悔しいのは、そんな努力をいっさいしないまま、闇主が自分を蚊帳《かや》の外《そと》に放り出そうとすることだ。

怒りを爆発させたラエスリールに、冷ややかな声が返ったのは次の瞬間のこと――。

「わかっていないと言うのなら、それはあなたも同じでしょう？」

はっとして、豪奢《ごうしゃ》な美女に変じた護《まも》り手《て》――浮城から飛び出したいま、その呼称がふさわしいかどうかは疑問だが――を見つめると、朱橙色《しゅとうしょく》の双眸《そうぼう》に鋭い光をたたえて彼女に向けられていた。

すうっと、見とれるような優雅な動きで、『彼女』の右手がラエスリールに差し伸べられ、指先が彼女の頬《ほお》をやさしくたどった。

「あなただって、わたしを誤魔化《どまか》しているでしょう？　この姿のなにが不満？　あなたにとっては好都合でしょう？　だって、わたしが男性でなければ、あなたはわたしを意識して、動揺することはないのですもの……ね？」

その言葉を耳にした瞬間、心臓がびくりと跳ね上がるような衝撃を覚えた。

見透かされているとは思っていた。けれど、こんな風にはっきりと言い切られるとは思いもしなかった。

声が……掠《かす》れた。

「……闇主……？」

相手は婉然《えんぜん》たる笑顔のまま、くつりと喉《のど》を鳴らした。

「その名も、ここではやめておきましょう。そう呼ばれたら、わたしはこの偽装を完全に貫《つらぬ》くことができないかもしれないもの。けれどあなたの気配を完全に読み取れないのは困るから……そうね、響きだけは残して。アンシュと読んでちょうだい。それをいまのわたしの名にするわ」

身勝手さはそのままに、彼女はそれきり、もうなにも説明してはくれなかった。

勝手に街で宿を取り、勝手に「しばらく、好きなようにしましょう」と言い切り、勝手にふ

らふらと宿から出ていった。

突き放された、とラエスリールは感じた。

だから悩んだ。どうすれば、自分の言葉はあの青年に届くのだろうと、真剣に悩みもしたのだ。

以前の彼女であったなら、えんえん悩みつづけたかもしれない。あるかないかもわからぬ答えを見つけるために、彼女は永遠だって悩みつづけていたかもしれない。

だが、彼女にも変化は訪れていた――いや、かたくなに殻《から》に籠《こ》もった期間が長かったせいで、いまだに自覚は完全ではなかったが、彼女は闇主に甘えることを知り、それだけではない関係を作りたいと思い、それを実現するための努力をとうにはじめていたのだ。

だから――。

我慢というか忍耐というか辛抱《しんぼう》というか――。

そういうものは、シェスカリに来て三日目の夕刻近くに振り切れてしまった。

「なんで、あんなやつのために、わたしがこんなに悩まなきゃいけないんだ⁉」

唐突に訪れた意識転換の瞬間を、彼女はある意味の悟りと受け取ったが、事実はそうではなかった。

単に切れたのである。

「馬鹿馬鹿しいっ！　彫像でもあるまいに、えんえん、えんえん、わけのわからないことばかり考えつづけてっ！　だいたい、わたしの頭は単純にできていて、謎解《なぞと》きには向いてないんだ。なのに、あんなわけのわからないことばっかり並べ立てられてっ！　知るものか、もう知るものか！　やってられるものか！」

宿に入って以来、ほとんどこもりっきりだったラエスリールは、吠《ほ》えるように本音を迸《ほとばし》らせながらすっくと立ち上がった。

どうせなら、この怒りは本人にぶつけてやりたいところだったが、いかんせん『ほんの微量の妖気を放つ、絶世の美女……の人間』に化けている闇主は、本人が言いだした『アンシュ』の名でもっても、なかなか呼び出せない状況になっていたから、ラエスリールはあきらめるしかなかった。

悔しいやら情けないやら、自分でも、どうやって自分自身の感情を宥《なだ》めてやればいいのかもわからない。そんな状況の彼女に、一番忠実な反応及び指針をもたらしてくれたのは――早い話、彼女の肉体の一部……胃袋だった。

キュウゥ、と突然音を放った部分に手をあてて、ラエスリールはこの三日というもの、この部屋でたったひとりで、美味《おい》しいとも思えずに差し入れられる料理を食べつづけていたことに気がついた。

悩みつづけていたせいか、ほとんど動いていなかったにも拘《かか》わらず、それなりに空腹は覚え、口にするだけはしていたわけだが……。

「やはり、ひとりきりでとる食事は味気ない。たったひとりきりの部屋で食べたのもよろしくなかったんだろう」

連れがいてくれれば、食事につきあってもらえて、それはそれで楽しめるかもしれないが、いま現在、それは望めない。

けれど、ひとりきりの食事にはうんざりしているというのも事実。

「街に……出るか……」

もう闇主を呼ぼうとは思わなかった。

どうせ呼んでも来てはくれないのだ。ならば大衆食堂のたぐいで、賑《にぎ》やかな気配のなかで食事を取るしかない……と彼女は思ったのだ。

切れた上に、別れ際の闇主の態度にラエスリールは拗《す》ねてもいた。

世間知らずの上に、平常心までなくしていたのだから、美味《うま》そうな匂《にお》いに釣られて、彼女が食堂ではなく『居酒屋兼食堂』に迷いこんだのだとしても……まあ、無理はなかった。

しかも彼女は、現時点における自らの外見に対する周囲の評価を知らなかった。

なまじっか、美の化身としか思えない妖主《ようしゅ》やら、そんな相手の隣に立っても見劣りしない人間離れした美貌《びぼう》の人間やらが幼少時、常にそばにいたのが悪かったのかもしれない。ついでにいえば、当時彼女ががりがりにやせ細った、美しさからかけ離れた——とは、あくまで当人の認識であって、痩《や》せてはいても彼女は醜《みにく》い少女ではなかった——存在でしかなく、その当時感じた劣等感がいまだに後を引いていて、だから彼女は自分が、周囲から見れば充分すぎるほどに美しいと認識されている事実を知らなかった。

そう、彼女はいまや、本性そのものの闇主の傍らに立っていたところで、見劣りしないだけの美と華やかさを身につけているというのに、自覚皆無という、非常に恐ろしい状態にあったのである。

しかも、世間知らずは筋金《すじがね》入り。

食前酒として周囲の男のひとりが進めた銘柄《めいがら》を、疑いもなく注文し——それがたいそう強い酒とも知らずにだ——食事の途中でも、ひっきりなしに「奢《おご》るからこれも呑《の》んでみな」と言われ、断ることもできずに進められた酒を呑まざるを得なくなって——。

無事にすんだのはまさしく奇跡だった。

本人にその自覚がないのが、最大の悲劇と言えたかもしれないが——。

2

ラエスリールを泊めてくれた青年はヴァーニスと名乗った。

つややかな黒髪と暗青色《あんせいしょく》の瞳を持つ彼は、人間としては破格の部類に属するであろう美貌《びぼう》の主だったが、生憎《あいにく》厳しすぎる審美眼《しんびがん》の持ち主であるラエスリールは見とれる、感嘆《かんたん》するという反応を見せることはなかった。

「ご面倒をおかけしたようで申し訳ない」

寝台から起き上がり、ぺこんと頭を下げたラエスリールに、ヴァーニスは「礼を言われるほどのことはしてませんよ」とかぶりをふった。

物腰やわらかな口調は、どことなくセスランに似ていて、ラエスリールはなんだか青年に好意を覚えた。複雑な出生と悲惨《ひさん》な体験を持つ彼女は、そんな自分を救い、浮城《ふじょう》に連れて行ってくれた恩人ということで、セスランに対してある意味盲目《もうもく》的な信頼と好意を胸に刻んでいる。つまり、『助けてくれたやさしいひと』とは、いささか安直ながら、セスランを連想させる認識であり、いともたやすく相手に好意を抱いてしまうという困った癖《くせ》が刷《す》りこまれているのである——この大変困った悪癖は、いまのところ本人の自覚もないことも手伝って、広くは知られていないわけだが、知られたが最後、非常に厄介な事態を招くであろうことを、当然本人は気づいてもいなかった。

　だが……寝台も占領してしまったようだし……」

　恐縮してうなだれるラエスリールに、ヴァーニスは「とんでもない」と答えた。

「本来なら、客室を片づけてそちらで休んでいただくべきだったんですよ。ですが、ほとんど客人もない家なものですから、不精《ぶしよう》して仕事の材料を放りこんでいたもので……一応、シーツと毛布だけはしまっておいた新しいものに変えておきましたが、変な臭いとかはしませんでしたか？」

　言われるような異臭は感じなかったので、ラエスリールは素直にかぶりをふった。

「いいえ。そんなことは……」

　答えてから、彼女は室内に満ちる少々変わった臭いに気づいた。

　充満しているわけではない。そこかしこに染みついているという感じだ。

　どこかで……嗅《か》いだことが、ある……？

　記憶を手繰《たぐ》ってみるが、よく思い出せない。

「なにかの樹脂《じゅし》……？」

　ヴァーニスがすまなそうに笑った。

「すみません、やっぱり部屋に染みついているようですね。換気は気をつけてはいるんですが、よくこの部屋でも仕事をしたりするものですから……ところで、お目覚めになったのなら、朝食はいかがです？　家中にしみついたこの臭いがお嫌でなければ、の話ですが」

言われたとたん、待ってましたとばかりに空腹を主張しはじめた、正直すぎる自分の胃袋を、ラエスリールはこのとき、少しだけ厭《いと》わしいと思った。

「い、いえ……そこまでご好意に甘えるわけには……」

腹部をおさえながら、小さな声でもごもご答えたわけだが、ヴァーニスはにこやかに「遠《えん》慮《りよ》は無用です」と返してきた。

「見たところ、お嬢《じよう》さんはこの街の地理に詳しくないご様子……広くはありませんが、シェスカリは狭く入り組んだ道が多く、迷いやすいんですよ。朝食が終わった後でよろしければ、お泊まりの宿に散歩がてら案内するなり、地図を書いてさしあげるなりいたしますから……ね？」

そう告げるヴァーニスの笑顔は好意に満ちあふれており、ラエスリールとしても断る理由を敢《あ》えて見つけることはできなかった。

闇主《あんしゅ》に連れて来られたこの街のことを、ほとんどなにも知らないことも、ラエスリールをためらわせた。なにしろ彼女は闇主に置いてきぼりを食らって以来、三日間というもの宿の部屋で煮詰まりつづけ、自棄《やけ》を起こして食事に出掛けたのがほとんど最初の外出だったのだ。説明や案内なしに無事に宿に戻れる可能性は限りなく低かった。

だから、仕方なく彼女はヴァーニスの好意に甘えることにした。

「重ね重ね、ご迷惑をおかけして……」

申し訳なさに胸がきゅっとしめつけられるような気がしたが、ほかに方法はなかった——姿を消す直前に、女性姿の闇主に「くれぐれも目立つな」と言われたことを思い出したからだ。

シェスカリはあまり大きな街ではない。そんななかで、道を尋ねまわったら……やはり目立つのではないか、と彼女は思ったわけだ。実際のところ、ヴァーニスと並んで歩けばそれだけで人目を引いてしまうに違いないことは、ある意味無駄なまでに磨《みが》かれてしまった彼女の美的感覚のせいで認識されることはなかった。

「それでは、下に用意しておきますから」

親切に、洗面室の場所を告げて、ヴァーニスが立ち去ろうとしたとき、彼の袖《そで》からぽろりと小さな丸いものがこぼれ落ちた。

小指の先ほどの球形のものが、ころころと足元に転がってきたのに、ラエスリールは手をのばしかけてびくり、と身を震わせた。

馴染《なじ》みのある、特殊な波動をそれから感じ取ったのだ。

さらに、彼女は浮城で以前、それとよく似たものを目にしたことがあった。香木《こうぼく》を丸く削《けず》ったものに、細かい模様を刻みこみ、その線に顔料《がんりょう》を流しこんだ後、樹脂《じゅし》を塗って仕上げとする……れっきとした封魔具《ふうまぐ》。

浮城にいたころ、捕縛師《ほばくし》の何人かがその玉を連ねた封魔具を利用していた。見栄《みば》えもいいせいか、女性が装身具にしつらえていた。

サティンも機会があれば注文したいと言っていたから……覚えている。

では、彼は……封魔具職人なのだ。

困った、とラエスリールは思った。

だが、それを悟られるのはなおさらに危険なこともわかっていた。

指先にほんの少し意識を集中して、独特な波動を放つそれを拾い上げる——術者の能力にあわせての調整がまだなのか、玉はなんの反応も示さなかった。

内心の安堵《あんど》を隠す努力は必要なかった。こういうときばかりは、自分の表情に乏《とぼ》しい顔面の筋肉に感謝するな、などと思いつつ、彼女はヴァーニスに玉をさしだした。

「綺麗《きれい》ですね」

世辞《せじ》のつもりでなくそう言うと、青年は嬉《うれ》しそうに微笑《ほほえ》んだ。

「ありがとうございます。本当は、もっと無粋《ぶすい》でないものを作りたいのですがね」

なにか引っ掛かるものを覚えたが、結局ラエスリールはそれを尋ねることはできなかった。

「ああ、放っておくと焦《こ》げてしまう」

と言って、早々に青年が部屋を出ていってしまったからだ。

ひとりになったラエスリールは、ふう、と息を洩《も》らしながら、かりかりとこめかみあたりを指で掻《か》いた。

「よりにもよって封魔具職人に助けられるとは……」

浮城に知られる危険性がある、などというものではない。

特大級の厄介事《やっかいごと》だ。

あいつに知られたら、また馬鹿だとか迂闊《うかつ》者だとか詰《なじ》られるんだろうな……。

頭が痛い、とそこまで考えて、突然彼女は不機嫌になった。

「どうしてわたしが、あんな好き放題しているやつのことを気にしなければならないんだ」

憤然《ふんぜん》とつぶやくラエスリールは、実のところ自分のほうこそが、くだんの青年を振り回しているのだという自覚を持っていなかった。

気の毒なのは……本当に気の毒なのは、いったい誰なのか。

答える者はここにない。

※

朝食に用意されていたのは、簡素だが美味《おい》しいものだった。卵焼きと塩漬け肉と野菜のスープ、薄切りにした固パンで、添えられたジャムはあまり甘くない代わりに——防腐目的か、いささか強いアルコールの風味があったが、まろやかに仕上がっていた。

もともと食事など栄養補給できればいいという考えのラエスリールだったから、不満など覚えるはずもなく、さらに言うなら美味《おい》しいものはやはり美味しいということで、大変ありがたく御馳走《ごちそう》になっていたわけだが――騒ぎは、その朝食途中に起こった。

ばん、と勢いよく扉の開く音が聞こえたのだ。次いでばたばたと騒がしい足音が、近づいてきた。

賑《にぎ》やかというよりは騒がしいその音に、ラエスリールは一瞬目を瞠《みは》ったが、ヴァーニスが動じた様子も見せないので、大丈夫なのだろうと自身を納得させ、スープに手をのばしたわけだが……。

「ヴァーニス！」

食堂――なのだろう、一応……床のあちこちに顔料《がんりょう》の入った袋やら壺《つぼ》やら刷毛《はけ》やらが転がっているにしても――の扉を、それこそ壊してもおかしくはない勢いで、飛びこんできた旋風のような少女の第二声に、彼女は思わず皿を取り落としそうになった。

「ベディッツの酒場でお嫁《よめ》さん見つけてっ！　ゴーリーたちの鼻先からかっさらって来たってほんとなの!?」

お嫁さん……？

かっさらう……？

いったいそれはどこの世界の話ですか？

少女の出現も唐突だったが、その口から飛び出した話題は、それ以上に理解不能なものだった。

「あ、の……？」

困惑もあらわに、目の前の青年と、飛びこんできた少女を交互に見やってラエスリールが首をかしげるのは……まあ、無理のないなりゆきだった。

驚いたのはヴァーニスも同じだったのか、軽く目をつむり、眉間《みけん》に指などあてていた。

いったいなにがどう転んで、そんな話になったのか——しかも一晩で——彼にしても理解できずにいたのかもしれない。

呆然《ぼうぜん》とする当事者ふたりを取り残し、旋風のような栗《くり》色の髪の、そばかすが愛らしい十二、三歳とおぼしき少女が、ラエスリールをじいいっと見つめていた。

観察するような、検分するような、向けられる身としては居心地の悪いものを感じずにいられないたぐいの眼差しは、しかしすぐに賛美のそれに変わった。

「うっわー、きれーいっ！」

……それはそれで、馴染《なじ》みが薄いものだけに、こそばゆくなるような視線と言葉だったのだけれど。

「サーリャたちがヴァーニスのこと、どんなに迫っても落ちない朴念仁《ぼくねんじん》だって言ってたけど……確かに全然その手の噂《うわさ》になったことなくって、あたしももしかしたらそうなのかも、とか思ってたけどっ！　そうかー、ヴァーニスったら、単に面食いだったのねー!?　そっかー、そうよねえ!?　ヴァーニス本人、めったにいない別嬪《べっぴん》さんなんだもんねー。自分の顔見慣れてたら、そりゃあ面食いにもなるわよねえ。これっくらい綺麗《きれい》じゃないと、確かにヴァーニスのそばにいても見劣りするしぃ。よかったー、ヴァーニス、自分じゃ知らないだろうけど、あんなにもてててんのに、全然誰も相手にしないっていうんで、もしかしたら人に言えないおかしな趣味でも持ってるんじゃないかなんて噂がたちかけてたんだよー？　あー、でも良かったー。これで悪い噂なんか消し飛んじゃうよ。うーん、ほんとに、ほんとにきれーい」

旋風……どころではない、嵐のような勢いで、まくしたててくれる少女は、こちらの言い分を耳に入れてくれるかどうか怪しい納得ぶりで勝手に自己完結しつつあった。

もともと自分の考えをまとめるのも、それを言葉にして相手に伝えるのも得意にしているとは言えないラエスリールは呆然《ぼうぜん》とするばかりだ。

そんな彼女を救ってくれたのは、一夜の宿と朝食を提供してくれた青年だった。

「ソーリン。早合点《はやがてん》するのは君の悪い癖《くせ》だって、わたしは何度も言ってるだろう？」

窘《たしな》めるように、そんなわけではないのだと、ヴァーニスは言ってくれたのだが、相手の少女は納得してくれたわけではなさそうだった。

「えーっ!?　だって、ヴァーニスがこれまで他人のこと、家に泊めたことなんかなかったじゃない。だいたいヴァーニスってば、他人といざこざ起こすの嫌いで……そりゃあ、あんまりひどいことになるようなときは、いっつも庇《かば》ってくれるけど……でも、真っ向から誰かと対立してまで、助けようとかしたことなかったじゃない。裏で根回ししたりとかそういう方法取ること多くて……そりゃあ、さっさと片づくようにやってたから、あの手の性悪《しょうわる》どもの被害にあう前にみんな助かってたけど……。でも、今度はそうじゃなくて、自分が矢面《やおもて》に立ってでもって感じで、だから本気なんだって……皆言ってるのに……」

なにやら混乱させられる言葉の羅列《られつ》だった。

ラエスリールにとってヴァーニスは『助けてくれた良いひと』なのだが、ソーリンと呼ばれた少女の並べた『裏で根回し』だとか『真っ向から対立しない』だとかのくだりは、あまり善良な響きではないような気がする。

ヴァーニス自身、似たような感想を覚えたのだろう、苦笑しつつ、少女に問い返す。

「ソーリン……なんだか褒《ほ》められてるというより、貶《けな》されてるような気がするんだけど？」

青年の言葉に「当然じゃない」と少女は胸を張った。

「褒めてないんだもの。喧嘩《けんか》だってなんだって、ほんとは強いくせに、そういうの、隠そうとばっかりするんだもの。あいつらの悪さのせいで、どれだけ街のみんなが迷惑してるか知ってるくせに、こらしめてくれないんだもの。ヴァーニスはいつだって、力でこらしめても反発をうむだけだって言うけどっ！　あんなやつら、いっぺんぐらい、ぐうの音《ね》も出ないぐらいにこてんぱんにやっつけちゃったほうがいいに決まってるのに！」

なのにヴァーニスはそうしてはくれないんだわ！

ソーリンの非難まじりの眼差しが向けられているのはヴァーニス——だが、その主張を聞いていると、ラエスリールもなんだか落ちつかないものを感じてしまう。

『魔性《ましよう》を倒す力を持っているくせにっ！　どうしてわたしたちを助けてくれないの!?』

『わたしたちはこんなに苦しんでるのに、なぜ高額な代価を払えないというだけの理由で見捨てられるの!?』

『貧しい者は人間ではないの!?　蹂躪《じゆうりん》される運命を受け入れるしかないの!?』

かつて浮城にあったころ、旅先で怨嗟《えんさ》と怒りに満ちたそんな声をいくつも聞いた。

浮城から離れた後、聞こえてきた別の声もあった。

人間のつくり出した罠《わな》に嵌《は》められ、人間の都合にあわせて利用されつづける魔性たちの呪いに満ちた声——。

『人間などが己の富と安寧《あんねい》を守るためだけに、なぜに我が永遠にも等しき呪縛《じゆばく》を受けねばならない!?』

『命尽《つ》き果てるまで、なぜに我は使役されつづけねばならない!?』

魔性が人間の命を徒《いたずら》に弄《もてあそ》ぶ現実がある一方で、人間はからくりや罠でもって、魔性を捕らえ——そのほとんどが下級魔性なのだが——自らのために利用しようとする。

どちらが正しく、どちらが間違っているのか――もはやラエスリールには判断できない。

その身も心も、正真正銘《しょうしんしょうめい》の半人半妖《はんじんはんよう》であればこそ。

「ソーリン……」

困りきった口調のヴァーニスの声が、彼女の意識を現実に引き戻した。

「そうではないのです……ゴーリーたちは、このお嬢《じょう》さんがこの土地に不案内なことをいいことに、よからぬふるまいに及ぼうとしていたのです。まあ、この方も世間知らずではありましたが、食事を望むこの方に、きつい酒ばかりを勧めているのを見て、いささか老婆心《ろうばしん》を起こしたのですよ。あのままでは、酔いつぶされるに違いないと思えたものですからね」

「ベディッツの店で？」

呆《あき》れたような声をあげて、ソーリンはまじまじとラエスリールを見つめた。

「そりゃあ、酒と料理は評判だけど、あんなタチの悪い連中が集まる店に、ひとりで入って、しかも周りの連中に勧められるままお酒呑《の》んだりしてたの……？」

馬鹿じゃないの――との言外の言葉が、脳裏に響いたような気がした。

ヴァーニスも……ある意味容赦《ようしゃ》がなかった。

「そうだったんだ」

うん、馬鹿だったんだ――と断言されたような気がした。

「それで……」

期待して損したと、言わんばかりに肩をすくめたソーリンに、「うん、まあ……そういうことなんだけど」とうなずいたヴァーニスは、「でも、おもしろいなあ」とも付け加えてくれた。

「魂《たましい》は一夜にして千里を駆ける……とは聞いたけど、噂《うわさ》も一夜にして街を駆けめぐるものなんだねえ」

「言ってれば？」

呆《あき》れて言葉もないとばかりに、肩をすくめたソーリンは、なんとも言えない顔でラエスリールを見つめた後、本当に勿体《もったい》なさそうにつぶやいてくれたり、した。

「ヴァーニスもヴァーニスだけど、このひともこのひとね。誰もかしこも納得できるせっかくの美人が見つかったっていうのに……妙なところ抜けててそうだし。ほんと、世の中ってば、うまくいかないわ」

ふうぅ、と特大のため息を洩《も》らされたラエスリールは、この後大いに困惑することになるのだが……もちろん、この時点でそんな未来を感じ取れるはずもなかった。

敏感にして鈍感。

矛盾《むじゅん》しかねないふたつの要素を併《あわ》せ持つ彼女の存在そのものこそが、世界の命運を担っていたと言えないこともない。

数奇な運命に付きまとわれつづける運命の子供は少女となり女性となり……けれど疫病神《やくびょうがみ》か

ら逃れることだけはできなかったのだ。
気づけぬままに、彼女はその運命に足を踏み入れる。
その瞬間、凍《こご》えた時間は動きだすのだ。
否応《いやおう》なく、歯車は回り始める。
誰かが彼女を待っていたのか。
彼女の来訪など誰も望んでいなかったのか。
わからない……わからない。
それでも歯車は回り始める。
止める手だてはすでにない。

※

お父さん——。
と、子供がささやく。
お父さん、見つけたよ、と——。
街の隅々にまで張りめぐらせた網《あみ》の目のような繊細な『罠《わな》』——。
獲物が掛かったのを、子供は見落としたりはしない。

ようやく、ようやく、見つけたよ。

それは楽しげに、それは嬉《うれ》しげに、子供はささやく。

お母さんを見つけたよ——と。

子供にとって、母親とは懐《なつ》かしい存在ではなかった。なぜなら生まれ落ちた瞬間に、いなくなってしまったのだから。

子供にとって、大切なのは父親だった。たったひとりの、かけがえのない、誰よりも自分に近しい存在——。

父さんとぼくと——。

ふたりでいるだけで、子供は幸せだと思っていたけれど、父親にとってはそれが不十分なものであることに気づくには、ふたりきりで過ごした時は長すぎて。

いなくなった母親を、いまでもずっと想って待っている父親の姿は、見つめているだけで切なくて。

だから、ぼくが、お父さんにお母さんを還《かえ》してあげなくっちゃ。

いつしかそう思うようになっていた。

そうして、見つけた——久しぶりに。

お母さんになってもらえそうなひとを。

お父さん、待っててね。きっとあのひとに、お母さんになってもらうから。

だから、もう少しだけ、待っててね。
無邪気な子供が、そう言い、笑う。
通りすぎた時を取り戻すことなど、誰にもできようはずがないというのに。
子供は無邪気に螺子《ねじ》を巻く。
きりり、きりりと、歪《ゆが》んだ螺子を巻きはじめる。

3

「まったく、ヴァーニスったら要領が悪いんだから」

　ぶつぶつ、ぶつぶつと近所の青年の態度について、文句を垂れ流し状態でつぶやきながら、栗《くり》色の髪の少女がずんずんと歩いていく。

　足早ではあるが、その背はまだ低く、だから隣を歩くのにラエスリールが苦労することはなかったが、ぷりぷりと怒りつづける少女に対して、なにを言っていいものか、途方に暮れていたのも事実だった。

「なーにが仕事の納期が迫ってるから、よ。どうせ好きでやってる仕事でもないくせに……それに『リッツの踊《おど》る猫亭《ねこてい》』なんて、往復したって半刻もかからないんだから案内してあげたってかまわないはずなのに……。あんなんだから、嫁《よめ》の来手《きて》ならいくらでもって条件揃《そろ》ってるのに奥さんひとり捕まえられないんだわ！　そう思わない？　ええっと……その……」

　その段になって、少女はこちらの名前を知らないことに気づいたらしく、首をかしげながら見上げてきた。

これはラエスリールが名乗る時期を失したせいで、どちらが悪いというものでもなかった。まあ……強《し》いて言うなら、少女の嵐のような勢いの前に、口を挟《はさ》む機会を見いだすことができなかったわけで……やはり、どちらに非があるとは言い切れないだろう。

「ラエスリールだ。ラスでいい」

短く名乗ると、少女――ソーリンは「ラス……ラス姉さん」と小さく何度も繰り返した。

「えっと、ラス姉さんもそう思わない？　朝の散歩がてら、案内するぐらいの時間なのよ、融《ゆう》通《ずう》きかせるのなんて簡単なはずなのよ」

なに面倒くさがってるのかしら――。

少女のぼやきに、ラエスリールはついつい恐縮してしまう。

「いや、わたしは昨夜からずいぶん迷惑をかけてしまったし……朝食まで御馳走《ごちそう》になってしまって、これ以上のことは……その……」

結局、朝食がすんだ後、ヴァーニスはラエスリールの泊まっている宿『リッツの踊る猫亭』までの簡単な地図を書いてくれたのだ。

さんざん世話になった自覚はあったので、ラエスリールはそれで充分だと思ったし、一度宿に戻ったあとで、きちんと礼を言いに来ようとは思っていたが……いかんせん、シェスカリの入り組んだ迷路にも似た街並みは、地図を貰《もら》ってもなお攻略の難しいものだった。

途中まで道が同じだからと、一緒にヴァーニスの家を出てきたソーリンが、「到底無事に宿に帰り着けるとは思えないから」と言って、同行してくれなければ、いまごろ立派に迷子《まいご》になっていたに違いないと確信できる分、どう答えるべきか、迷ってしまうラエスリールだった。

「でも、仕事の納期を守ることは大切だし……それに、封魔具《ふうまぐ》は捕縛師《ほばくし》にとって命綱《いのちづな》にも等しいものだから――」

口を滑らせたと息を呑《の》んだのは次の刹那《せつな》――。

「封魔具って……ヴァーニスが話したの？　それともラス姉さん、浮城《ふじょう》のひとなの？」

ソーリンの素朴《そぼく》な疑問に、心臓を鷲摑《わしづか》みにされるような衝撃を覚えて、もともと口達者ではないラエスリールは固くこぶしを握りしめた――無論、胸中で、迂闊《うかつ》な自分を呪いまくっていたことは言うまでもない。

だが、ヴァーニスも指摘した通り、ソーリンは少しばかりそそっかしいというか、早合点《はやがてん》する癖《くせ》の持ち主で、おかげで彼女は救われた。

「って、そんなわけないか。ヴァーニスが自分から仕事のこと言ったっていうのは……本当だったら嬉《うれ》しいけど、あのひとも頑固だから、自分から言ったことないんだし。ラス姉さんが浮城のひとのはずないものね。浮城のひとって、魔性《ましょう》相手に戦わなきゃいけないから、いつも神経尖《とが》らせてなきゃならないって聞いたことあるもの。そんな、ものすごーっく気を張り詰めて危険とかに敏感でなきゃつとまらないひとが、いくら初めての土地だからって、ベディッツの店なんかに迷いこんで、あーんなタチの悪そうなやつらの勧めにほいほい乗って、強い酒何杯も呑《の》んで酔いつぶれたりするわけないわよねえっ！」

無邪気な少女の言葉は、相手に悪意がないとわかるだけに、ぐさぐさぐさりっ、と胸を刺し貫いてくれるものだった。

妖鬼《ようき》はおろか上級魔性たる妖貴《ようき》十人以上と対峙《たいじ》した経験があり、魔性の王——妖主《ようしゅ》五人全員とも面識があり、その大半とは敵対して……それでも生き延びて来られたというのは、どう考えても間違いではないのか、と思えてしまう。

しかも、表には出ないが、それなりに深く考えこんでしまったラエスリールの様子に気づくこともなく、ソーリンはとどめとも言える言葉を口にしてくれたのだ。

「だいたい、浮城のひとってみんな、えーっと、護《まも》り手《て》……だっけ？　魔性なんだけど、こっちに味方してくれるひとが相棒ってことでいるんだものね。そういう最強の味方がいるんだったら、どう考えたってラス姉さんが危ないってわかったら、絶対助けが入るはずだもの。ごめんね、変なこと言いだしちゃって」

ソーリンは相変わらず無邪気なものだった。

「い、いや……」

自分でも、声が硬くなってしまった自覚はあったが、ラエスリールとしてはそれどころではない衝撃に必死に耐えていたのだから、それ以上どう答えることもできなかった。

以前……自分のせいで、闇主《あんしゅ》が九具楽《くぐら》を手にかけたときのような恐怖や不安は覚えなかった。自分の情緒《じょうちょ》が未発達なことは、サティンやセスランやリーヴィに、さんざん指摘を受けていたから、恐らく今回闇主が臍《へそ》を曲げたのだって、どこかそういった部分での自分の未熟さに、彼が腹を立てたのだろう――と想像はついていたのだ。

だが、ソーリンの言葉を聞いていると、闇主の保護なしの自分というものが、まるっきりの無能馬鹿としか思えないあたりが……なんとも複雑だった。

つまりわたしは、闇主がそばにいてくれなければ、小さな危険ひとつにも気づけない……だから前もって察知して回避することもできない役立たず……ということなのか？

仮にも世界中に五十人いるかどうかという上級魔性《ましょう》の、軽く一割を越す数の妖貴《ようき》を、相棒の破妖刀《はようとう》でもって葬《ほうむ》り去ってきた存在が考えていい内容ではなかったが、自らが破格の立場にある自覚もない元破妖剣士は真剣に悩んでしまったりしたのだ。

わたしは自分が未熟だと、わかっていたつもりだったが……知らずに奢《おご》っていたのかもしれない……。

そんな彼女の心中の声など知らぬソーリンが、突然表情を硬くしたラエスリールに不思議そうな声をかけてくる。

「ラス姉さん？」

「いや、本当にわたしは未熟だと思って……」

こんなことではいけない。

もっとちゃんとしなければ――心掛けは正しかったが、いかんせん彼女は根本の部分で認識が足らなかった。

「ところで、ソーリン、ひとつ聞きたいのだが……ベディッツの店とやらに迷いこんで、親切なひとたちが勧めてくれた果実酒を呑《の》んだのが、どうして危ないことになるんだ……？」

至極《しごく》真剣に尋ねたラエスリールの目の前で、ソーリンが凍りついたあげく、二度とひとりで街を出歩くな――ときつく言い含めたのは、ごくごく自然な成り行きだった……と言えよう。

もっとも翌日から、ソーリンの案内で街を歩く楽しみが増えたものだから――勿論《もちろん》、以前の街でやったように、時間を割《さ》いてもらう分の金子《きんす》は彼女に渡すようにしたのだが――ラエスリールとしてはなんら不満はなかったわけだが。

だからといって、すべての点に関して彼女が満足していたわけではない。

「馬鹿者、馬鹿者、身勝手者！　なにが『アンシュ』だ……呼んだって、来ないくせに……そう呼べと言っておいて、全然来ないくせに……！」

ならば、言いつけなど破ってしまえばいい。

呼べばいいのだ、『闇主』と――。

けれど、それができない。都合も計画も聞かされていないのに、一方的につきつけられた要求に逆らえない。

「お前なんか、嫌いだ」

毎日床《とこ》につくまえに、呪文《じゅもん》のようにラエスリールはつぶやく。

「身勝手で、わたしのことなんて、なんとも思ってなくて……。平気で道具扱いして……それでわたしがどんな思いをしているのかなんて、きっとわかっていなくて……」

だから、嫌いだ。

大嫌いだ。

ぶつぶつ、ぶつぶつ、ぼやいた挙げ句、唇を噛《か》みしめて。

それでも彼女は知っていた。

眠りに入って、夢の扉をくぐりぬけたとき、自分が最初に誰の名を口にするのか。

いつだって、決まっているのだ。

『闇主』

そう呼んでしまう自分を知っているから、ラエスリールは悔しくてつぶやくのだ。

お前なんか嫌いだ、と——。

※

「ねえ、ラス姉さんはどうして旅してるの？　なにか目的でもあるの？」

ソーリンがそう尋ねてきたのは、知り合って三日目のことだった。

本当のことを口にするわけにはいかなかったから、ラエスリールは考えこんでしまう——相変わらず言葉を選ぶのに時間がかかる彼女は、軽快に進む話題からは最も縁遠い人物のひとりだった。

「目的……は、特にはないが……」

濡《ぬ》れ衣《ぎぬ》を着せられての逃亡生活なのだから、普通であれば冤罪《えんざい》を晴らすのが目的でもおかしくはないのだが、生憎《あいにく》彼女にはそのつもりがないので、本当に目的のない旅をつづけていることになる。

彼女のその答えに、ソーリンの瞳がきらきらと輝いた。なぜかは知らないが、それは少女にとって好ましいものだったらしい。

「ふうん……じゃあ、ラス姉さんのお連れさんって、会ったことないけど、どんなひと？　男のひと、女のひと？」

これまた返答に困る質問に、ラエスリールは眉宇《びう》をひそめる。

いつもは男性だが、いまは女性の姿を取っている……とは、やはり正直に答えていいものではないだろう。

「いまは……ああ、いや、女性だ」

この街を訪れ、ソーリンと話すようになって以来、ラエスリールは自分がかなり迂闊《うかつ》な性格をしていることに気づかされては自己嫌悪を覚えるようになっていた。

もっとも、その度《たび》に少女の性格が救ってくれてはいたのだが。

「いまはってことは……そうか、お連れさん、変わったんだ。前の連れのひとと別れたってことは、ラス姉さん、いまは恋人とかいないってことよね？」

ひとりで勝手に納得したらしいソーリンが、ますます瞳を輝かせたのを不審に思いながらも、ラエスリールは話題がどこに転がろうとしているのか読み取ることができなかった。

半ば決めつけるような恋人云々《うんぬん》の件に関して、否定しなかったのは彼女にとってその言葉というか存在が、あまりにも遠いものという認識があったせいだ。恋がどんなものなのか、彼女は——誰もが冗談としか思わないだろうが——いまだ知らなかった。

闇主がそばにいると動悸《どうき》が激しくなったり、気分の浮き沈みが激しくなる自覚はあったが、それがなにを意味するのかを彼女は知らず、だから彼女にとって、恋とは未知の領域そのものだったのだ。

さすがに、次のソーリンの台詞《せりふ》には目を瞠《みは》る程度には驚かされたのだが。

「じゃあ、ラス姉さん、ヴァーニスと一緒にこの街で暮らさない？」

話がなぜそこにつながるのか、ラエスリールには全然理解できなかった。

「はあ？」

心底意外なことを言われた……と顔に書いて問い返した彼女に、ソーリンは焦《じ》れったそうに「本当に鈍いんだから」と舌打ちした。

「だからぁっ！　ヴァーニスのこと、どう思うって聞いてるのっ、あたしは！」

「どうって……やさしくて、親切で、いいひとだと思っているが？」

そう答えた彼女に、ソーリンは少しだけ悔しそうに口許《くちもと》をひきしめた。

「それだけ？　ヴァーニスって、綺麗《きれい》で恰好《かっこう》いいとか思わない？　それともラス姉さんの好みって、ちょっと一般からずれてるのかしら……。それとも、あれだけ綺麗だと、軟弱そうに見えちゃってイヤだとか？　ラス姉さんって、もしかして屈強な体格の、いかにも頑丈そうなひとが好きなの？」

早合点《はやがてん》が得意なソーリンは、極端から極端に走る思考の主でもあった。

「いや、別にそんなことはないが……確かにヴァーニスさんのことは、人間では珍しいぐらいに綺麗なひとだとは思うし、細くてきれいなひとが、軟弱だと思ってるわけでもない」

はっきりと、ラエスリールは否定した。

なにしろこれまで見栄《みば》えのよろしすぎる相手に、さんざん殺されかけてきたのだ――相手は妖貴《ようき》や妖主《ようしゅ》だったが――そういった外見の主のほうが厄介《やっかい》なのだと、普通の人間とは逆の危機感が骨の髄《ずい》までしみついている。

「そうでしょう⁉　本当にヴァーニスってば、人間とは思えないぐらいに綺麗でしょう⁉　それに本当に強いのよ。街のゴロツキなんて、簡単にのせるぐらい強いの。ねえ、ねえ、ラス姉さん、ヴァーニスのこと嫌いじゃなかったら、本気で考えてくれない？　まあ、ヴァーニスのこと狙ってる女はいっぱいいるけど、ラス姉さんなら誰も文句言えないと思うのよね。あのひとと一緒になって、この街で暮らしてくれないかなあ……」

ソーリンがヴァーニスのことを、非常に好きで買っているのは、件《くだん》の青年のことを話す少女の様子を見ていればわかるのだが……わからないのは、それでどうしてこんな話になるのかということだった。

「だから、ソーリン……なぜ、そこに話が飛ぶんだ？　そりゃあ、ヴァーニスさんには助けてもらったし、お世話にもなったが、広まった噂《うわさ》がただの流言飛語《りゅうげんひご》だったのは知っているはずだろう？　泊めていただいたのだって、わたしがどの宿に泊まっているかわからなかったからだし、あのひとが封魔具《ふうまぐ》職人だってわかったのも、別にあのひとが教えてくれたわけじゃなくて、以前、浮城の捕縛師《ほばくし》だというひとが良く似た飾り玉を封魔具に使ってたのを知ってたからというだけの話で……」

嘘ではないので、そういうことにしておいた話を持ち出して、困惑もあらわにラエスリールは問いかけた。

それに対する少女の答える声は、暗く沈痛なものだった。

「だって……誰かが捕まえてくれないと、ヴァーニスがどこかに行っちゃう気がするんですもの。みんな気のせいだって笑うの。あたしだって、そうであってほしいって思ってる。浮城に引き取られる候補にだってなれなかったんだから、そういう不思議な力なんて、あたしにはきっとないんだって……だから思いこみなんだって、何度も自分に言い聞かせたけど、でもでも、ヴァーニスのこと見てると、怖くてたまらなくなるの。どこかに行っちゃうって。行っちゃって、二度と戻って来てくれないって……。誰かが捕まえてくれなきゃ、あのひとどこかに行っちゃうって……思えてならないの。あたしじゃだめなの。捕まえられないの。ほんとに……あたしでいいのなら、捕まえて放さないんだけど、あたしじゃ駄目なの」

それは子供の戯言《ざれごと》にも聞こえた。

大好きな近所の青年が、いつか離れていってしまうのを直感的に悟ってしまった子供が、必死につなぎ止めようとしている……そんな他愛《たわい》のないものだと、切り捨てることもちろんできた。

けれど、聞き捨てにできないなにかを、このときラエスリールは感じたのだ。

ちり、ちり、と体のどこかで焦《こ》がれるような、肌の粟立《あわだ》つような、不可思議な感じを覚えた。

ヴァーニスが行っちゃう。いなくなってしまう。

ソーリンの言葉には、強いなにかがあった。

力――あるいは予兆とでも呼ぶべきものか――。

だからかと、どこかで悟る自分をラエスリールは認めた。

闇主……だから、お前はこのいま、このときに、この街を訪れ、あのような姿を取ったのか

——わたしには見えぬ糸が、お前には見えていて、だから姿を消したのか、と——。

いかにも、あの男のやりそうなことだった。

遊ぶことで、空間に刻みこまれた乱の気配をさらに育てるつもりなのか、それともかつて刻んだそれを終息せしめるつもりなのか。

どちらにしても、騒ぎは生じる。

本当に、迷惑なやつだ。

馬鹿、間抜け、身勝手も過ぎる……云々《うんぬん》と、毎夜寝床《ねどこ》で妖主《ようしゅ》を悪《あ》しざまに罵《ののし》りながら、いまだ被害ひとつ受けた覚えのないラエスリールは、好意を抱いた相手に無尽蔵《むじんぞう》に幸運を約束してしまう、ある意味周囲にはた迷惑な言霊《ことだま》を放ちまくる存在でもあった。

それがあくまで無意識の所業《しょぎょう》であるあたり、彼女の周囲が苦労から解放されない元凶《げんきょう》と言えないこともないわけだが。

自分では駄目なのだと、泣き、嘆《なげ》く少女を放ってはおけず、彼女は心からの想いと願いでもって答えたのだ。

「大丈夫だ」

と——。

ヴァーニスが行ってしまう——ソーリンの不安を和らげることはラエスリールにはできなかった。

この狭い街を出て、別のどこかに彼が居《きょ》を移すことを、誰も止められるはずはなく、その可能性は到底否定できないものだったのだから。

「大丈夫だ……きっと、大丈夫だよ、ソーリン。たとえどこに行ったとしても、彼は消えてなくなるわけじゃない。彼の故郷がここだってことに変わりはないんだ。たとえどこに行ったとしても、彼はここに戻ってくるよ……。だからソーリンが、そんなに泣くことはないんだ。彼は必ずこの街に戻ってくるんだから」

慰めは苦手なはずだった。

どんな言葉を選び取れば、相手の心に届くのか、ずっとわからなくて、だから苦労し続けてきたラエスリールは、このときばかりは不思議とすらすらと言葉を口に乗せることができた。

それは不思議か必然か——。

「本当に？」

問われてラエスリールはこくりとうなずいた。

「そうなると、わたしは思うよ」

時は螺旋《らせん》を描くのだという。

どんな未来が訪れるのかも知らぬまま、ラエスリールはうなずいた。

それとも……魂《たましい》の奥の奥の部分で、本当は知っていたのだろうか。

※

ヴァーニスから頼まれ物を預けられた子供がきた、と宿の主人から連絡を受けたのは、シェスカリを訪れて十日目のことだった。

忙しいのか、ソーリンはこの三日というもの宿に顔を出していない。

なんとなく気になって、ヴァーニスの遣いを名乗る子供に会う気になった。

闇主……いや、この街では『アンシュ』か……との連絡は、いっかな繋《つな》がらない状況にラエスリールは苛立《いらだ》っていたのかもしれない。

子供はにっこり笑った。ヴァーニスの弟かもしれないと思う程度には、よく似た子供だった。

黒髪と暗青色の瞳はそっくりだった。

「お姉さんが、ラエスリールって名前のひと？」

尋ねられて、ラエスリールはうなずいた。

「そうだが？」

子供は無邪気ににこりと笑った。

「会えてよかった。これ、頼まれたの」

手渡されたのは、小さな紙袋に入れられた香木《こうぼく》を素材にした細工玉。

それを連ねて丁度《ちょうど》手首を飾る程度の輪となっていた。

ヴァーニスの作品だった。

けれど、どこがどうとはいえない違和感を覚えて、ラエスリールは子供に問いかけた。

「ヴァーニスさんは……どうしたんだ……？」

「やっぱり、あなたはわかるんだ？」

子供が嬉《うれ》しそうに笑った。

けれど、子供は答えようとはしなかった。

「ちょっと待ってくれ、詳しい話を――」

聞きたいのだから、とラエスリールはつづけるつもりだったのだけれど、気づいたときには
子供は手が届きそうで届かない、微妙な位置に身を置いていた。

「来てよ」

と、子供は無邪気にねだった。

「知りたいのなら、ついてきて。そうしたら、教えてあげるから」

警戒心が勝手に薄れていくのを感じた。

なにかがおかしい……なにかが狂っている。

そう思うのに、体が勝手に子供のあとを追おうとする。

なぜ、どうして……!?

不審に思った彼女は自分の左手首に、贈られはしたものの、飾った覚えのない香木細工の玉を連ねた飾りを見つけた。

それは呪縛《じゅばく》――否応《いやおう》なく相手を従わせてしまう支配の力。

「ついてきて。後で全部教えてあげるから」

抗《あらが》えなかった。

全部教えられた後では、きっと選択の余地などないとわかっていたにも拘《かか》わらず。

「なんなんだ、これは……!?」

未知の領域に踏みこまざるを得ない状況に追い込まれたラエスリールが、悪態をつける……向けられる存在はたったひとりだった。

「もう、お前の都合など知るものか！　呼ぶぞ、勝手に呼ぶぞ！　遠慮《えんりょ》なんか絶対、二度と、金輪際《こんりんざい》しないんだからな！　絶対呼ぶ！　呼ぶったら呼ぶ！」

『だったらさっさと呼べってば――』

なる何者かの内なるこえが、必死な彼女の心に届いたかどうかはわからない。

ただ、その決断は、少しばかり遅きに失するものだったのだ。

ラエスリールは罠《わな》に捕らえられた――。

4

気がつけば、暗い部屋のなかだった。

長椅子《ながいす》に身体を横たえられていた——その姿を上から覗《のぞ》きこんでいる異常な状況に、ラエスリールは自身の意識が身体から離れてしまったことを悟った。初めての経験ではなかったこともあり——まあ、以前離れたのは、紅蓮姫《ぐれんき》のおかげで心臓を一突きにされた際のことで、事情はずいぶんと違ってはいたが——あまり動揺は覚えなかったが、奇妙な感覚に、この先も慣れることはないだろうと感じていた。

きい、と音が室内に響くと同時に、細い光明が射しこんでくる。

扉が開いたのだ。入ってきたのはふたりだった。ヴァーニスによく似たあの子供と、やはりヴァーニスに似た顔だちの三十前後の男性だった。

その男性を見た瞬間、ラエスリールは強い違和感を覚えた——ヴァーニスからの届け物だと手渡された香木《こうぼく》細工の玉を連ねた腕飾り……あれを目にしたときのそれと酷似《こくじ》した、だがより強烈なものだった。

あの男……っ！

人間――のはずだった。以前ならともかく、いまのラエスリールにはそれがわかる。だのに、強烈な妖気をも同時に放っているのだ。到底、生身の人間が耐えられる気配ではない。強すぎる妖気は、ときに毒となりひとの肉体を蝕《むしば》み腐食させる。外側から受けてもそうなのだ。それが内側から放たれるとなれば、いかほどの影響をその肉体は受けることか……。

以前、小鬼《しょうき》の心臓をその身に宿し直された人間の女性……いや、かつて人間であったとしか表現できない相手と戦ったことがある。自らの美貌《びぼう》が衰えることに怯《おび》え、妖貴《ようき》たる自分に泣いて縋《すが》ったから、小鬼の心臓を与えてやったのだと、嘲《あざけ》りもあらわに告げたのは亜珠《あじゅ》……ラエスリールが初めて倒した妖貴の青年だった。

その姿は悲惨《ひさん》にすぎた。人間であったころの面影《おもかげ》さえも、気をつけねば見いだせないほどに彼女は変化しきっていた。

あのころは、それは与えられたのが小鬼の……人間型からは遠い姿を保つのがようやくの、下級魔性《ましょう》の心臓だったせいだと思った。

だが、違う――違うのだ。

魔性の心臓は、人間のそれとは違う。あくまで命の凝《こご》り集《つど》うものなのだ。支えるのは命――そして命あることで紡《つむ》ぎだされる想い。力はそれに付随《ふずい》してくるにすぎない。

魔性もまた実体を持つが、それは人間の肉体とはどこか次元の違うものなのだ。人間の魂《たましい》が肉体という器《うつわ》に宿るのとは根本的な部分で決定的に違っている。

あの女性の魂《たましい》は、想いは、小鬼《しょうき》の命の紡《つむ》ぐそれを凌駕《りょうが》するほどには強くなかった。だから、肉体までも小鬼の命に引きずられ、変質してしまったのだ。

最下級の魔性《ましょう》といわれる小鬼ですら、それほどの凄《すさ》まじい想い——いや、あれは生存本能と呼ぶべきものだったかもしれないが——を抱えているのだ。

それが妖鬼《ようき》……いや、妖貴《ようき》であったなら？　それほどの命を、もしも生身の人間が身体の内部に抱えこんでしまったとしたら……？

人間の魂——人間の想いが、魔性に比べ弱いと言い切るわけではない。だが、妖気は必ず人間に負担を強《し》いる。強い毒がたやすくひとの命を縮めるように。あるいは強すぎる効き目の薬は、弱った身体には毒にも等しい消耗《しょうもう》をもたらすように。

男の全身から放たれる妖気は、まさに毒そのものだった。男自身に向けられる害意を感じられないところから察するに、それは彼の命を縮めることを求めてはいないのだろうが……それでこの強烈さとあっては、彼の内部に入りこんだ妖気の主は、到底下級魔性とは思えない。

恐らくは妖貴……だが、いったいなぜ、普通の人間である男の内部に入りこんでしまったのか……？

考えられることは、恐らくひとつだけだった。

あの男は、恐らく妖貴を食ったのだ。

そうと知って食ったのか、それとも知らずに取りこんだのか……そこまではラエスリールもわからない。だが、体内にあれほどの妖気の源《みなもと》を抱えこんでいては、この先長くは生きられまいと、悟らざるを得なかった。

尋常《じんじょう》な事態ではない。早く身体に戻らなければ。

そう思い、ラエスリールは自分の身体に意識を戻そうと集中した。だが、うまくいかない。なにかが邪魔をして、本来一番強い絆《きずな》を持つはずの自分の魂と肉体との間に、障壁《しょうへき》のようなものを築いているとしか思えなかった。

なぜ……どうして戻れない!?

歯噛《はが》みする思いで、ぴくりとも動かぬ自身を見下ろすラエスリールの視線の先で、燭台《しょくだい》を手にした子供が踊るような足取りで長椅子《ながいす》に近づいていく。

対して妖気を放つ男性は、無表情に子供の後をふらふらとついていく。まるで傀儡《くぐつ》のような非人間的な足取りだった。

そんなことは気にもならぬのか、嬉《うれ》しそうに長椅子に近づいた子供は、蠟燭《ろうそく》の明かりでラエスリールの寝顔を照らしながら、背後を振り返って告げた。

とんでもないことを。

「ほら、お父さん、お母さんだよ。今度こそ、きっと大丈夫……今度こそ、きっと、ぼくを産んでも死んだりしない……きっとずっと、お父さんとぼくのそばにいてくれる……お母さんだよ」

　なんなんだ、それは⁉

　強烈な爆弾発言だった。

　なにしろ、子供が嬉《うれ》しそうに『お母さん』と呼ぶのは、寝台に横たわっているラエスリール自身なのだ。状況把握《はあく》もできないまま、しーかーもー、身体に戻って自由に動くこともできない非常事態にあって、混乱するなというほうが無理な現実に、ラエスリールの頭は真っ白になった。

　なんだ、なんだ⁉　なんなんだ、それはーっ⁉

　そんな彼女の心の声が届いたのか、燭台《しょくだい》を手にした子供が、正確に彼女の意識が漂《ただよ》っている空間を見つめて、つぶやいた。

「お姉さん、ごめんね。ぼく、お姉さんのこと、好きだよ。だって綺麗《きれい》だし、強いし、やさしいし……本当は、お姉さんがお母さんになれるひとじゃなかったら良かったのにって思うぐらい、好きで……お姉さんがそうじゃなかったら、ぼくがお嫁《よめ》さんに貰《もら》いたかったんだけど。でも、お姉さん、お母さんになれるひとだったんだもの。仕方ないの……ごめんね。ぼく、お姉さんのことも好きだけど、お父さんとお母さんのことはもっと大好きだから……本当に大好きだから、お願い、ぼくのお母さんになって？」

　強い、強い願いがその心底にあるのはわかった――子供が真実そう願っていることは、いやというほどに伝わってきた。

けれど、意味がわからない。どういう意味なのか、それがなにを指し示すのか、皆目わからない状況で、いくらなんでもうなずけるはずはなかった。

さらに言うなら、なにやら不穏な予感を覚えずにはいられなかったのだ。

なんらいっさいの説明もなしに、うなずいてほしいと言われて、素直にうなずける人間がどこにいるというのか。

なにを……望んでるんだ？

問うた彼女に、子供は答えた——いや、子供でありながら子供でない、別の姿が二重写しのように、すでにラエスリールの意識は捉えていたのだが。

子供の背後に薄い影のように寄り添う存在——気配の声を、拾うことにさえ、すでに苦労は覚えなくなっていたのだけれど。

お母さんになって、ぼくを産みなおして……そうして、死んでしまわないで。

お父さんのそばに、ずっといてあげて。

子供は素直な心のままに訴えかけてくる。

けれど、その背後で……たゆたう陽炎《かげろう》ほどに気配を薄れさせてしまった青年は、悲しげにかぶりをふる。

ヴァーニスだった。

わたしたちは、最初の一歩を間違えました……。

子供の声よりかぼそいそれで、彼はラエスリールに事情を語った。

悪夢のような螺旋《らせん》を描きつづける運命の、そもそものはじまりの、悲劇を。

※

チェ・ササンの地方都市に、腕のいい封魔具《ふうまぐ》職人がいた。

香木《こうぼく》に細工を施《ほどこ》し彩色し、色あせることのないよう樹脂《じゅし》を塗ることで作り上げた作品は、道具というより芸術品に近かった。

それに目を止めた女がいた。

女にとってはそれは不快な気配を放つものでしかなかったけれど、細工や模様の見事さに、嫌いきることのできない厄介《やっかい》な代物《しろもの》だった。

ふとした偶然で知ったその細工師の作品を、集めていく内に女は細工師本人に興味を抱いた。これほどに見事なものを作り上げる人間とは、いったいどのような価値観を持つ者であるのか。一度覚えた好奇心を抑えこむには女は若く……ひとつの気まぐれを思いついた。

より深く知りたいのなら、懐《ふところ》深くにもぐりこめばいい。

女は妖貴《ようき》だった。変幻などたやすかった。人間に化けることなど造作《ぞうさ》もなかった。

どうせ興味など謎《なぞ》が解ければ消えるもの。

そんな侮《あなど》りがあったから、女は最初から変化の期限を三年と設けた。三年経てば、否応《いやおう》にも術は解ける。そうすれば、もとの自儘《じまま》な日々に戻ればいい……それだけのことなのだと。

よもやまさか、たかがそんな三年で、人間ごときに心奪われようとは思わなかったのだ。

しかも『人間』としての寿命が尽《つ》きる半年前になって、心通わせた相手との間に、我が子を胎内《たいない》に宿そうなどとは！

彼女は悔《く》いた。だが、それは遅すぎた。魔性《ましよう》にあって、彼女は珍しく未練を残す気質を持っている自覚があったため、後に変更のきかぬよう、きつく術をかけたのも災《わざわ》いした。

彼女は自らの定めた期限通りに命を終えた。いや、終えようとした――伴侶《はんりよ》たる男が諦《あきら》めざるを得ないよう、最後まで人間の気配を纏《まと》ったままに。

だが、彼女が男を愛しすぎたように、男も彼女を愛しすぎていた。

告げたことはなかった。悟らせるような愚《ぐ》を犯したことは一度とてないと誓言《せいげん》できる。

それでも男は、魂《たましい》の力だけで……自分を死なせたくないという一念のみで、彼女の真名《まな》を読み取ったのだ！

「内梨《ないり》！　お前を失って、どうしてわたしが生きていける!?　わたしにとって、お前こそがすべてだったのに……！」

我が子を胎内に宿したまま、命の灯火《ともしび》を絶やそうとする女性を、男は食った――失いたくない、その一心で。

人間としての死さえ経過すれば、本性に立ち戻れるはずだった内梨は食われたまま、男のなかに閉じこめられた。

どのような形であれ、生き延びることがかなうのであれば、ついに本体では産み落とすことのかなわなかった子を産みたいと……せめて忘れ形見を愛した男に残したいと思った妖貴《ようき》の望みは凝《こご》ち。

そうして実際には生まれなかったはずの子供までもが因果の螺旋《らせん》に巻きこまれた。

母を失い、絶望の淵《ふち》をたゆたう父親の絶望を見てはいられなかったからこそ。

だから、子供は母を求める。我が子をせめて夫たる伴侶《はんりょ》に残したいからという、実母の願いをいやというほどに感じ取るがゆえに。けれど望みが果たされたと安堵《あんど》する間もなく、今度は父の願いが押し寄せてくる。

ただ、ただ母に、生きていて欲しかったのだと。

どちらも、結局はかなわなかった願いだ。なのにふたりともそれをあきらめることはできない……子供は大好きな父と母の願いをかなえたいと思い、父親は最愛の妻の最後の望みを叶えると同時に、やはりそばにいてほしいと願い……。

胸がしめつけられる。

切なくて悲しくて、本当にどうしていいのかわからない。

けれど、感情的な問題と、自分の肉体にかかわる現実的問題との間には、いささか深い溝《みぞ》があるのも事実だった。

こちらが絶句したのを了承《りょうしょう》と受け取ったのか、件《くだん》の子供——ほんの数日前までヴァーニスだった相手だとわかっているのだが——が、操り人形も同然の『お父さん』に向かって、「大丈夫だから」と言ったとたん、相手が長椅子《ながいす》にだらりと寝そべっている自分の襟元《えりもと》に手をのばした……というのは、ある意味別問題だった。

「なぜ、そんなことになるんだ!?」

そうじゃないだろう、そうじゃ！

必死に訴える場合だとラエスリールは思い、そうして主張したわけだが……くだんの子供はけろりんとした顔で、なんでもないことのように言ってくれた。

「だってお母さんには、ぼくを産み直してもらわないといけないんだもの」

でも、その前に、お姉さんのなかに、お母さんが入ってくれないとね——。

にっと笑った子供が、父親になにかささやいた。男はのろのろと……操り人形のようにうなずき、そうして横たわるラエスリールの顎《あご》を持ち上げる。

意識そのものが抜け出している状態だというのに、ラエスリールはぞっとするものを背筋に覚えた。なにかが……いや、強烈な妖気の凝《こご》りが、男の体内から……その唇から溢《あふ》れようとしていたのだ。そうして男の顔が、彼女のそれにゆっくりと近づいていく。

覚えたのは、嫌悪と恐怖——生理的な嫌悪と、本能的な恐怖だった。

だめだ、だめだ……だめだ！

あのくちづけを受けてはならない。

くちづけられた瞬間に、内梨の意識が自分の身体に入りこみ、支配してしまうに違いないのだから！　そんなことになったら、歪《ゆが》んだ螺旋《らせん》は繰り返されてしまう。三人とも、みな、すでに歪みを感じているのに……終わりにしたいと、心の底では思っているはずなのに……！　だめだと思った。同時にいやだ、とも。

いやだ、だめだ……闇主《あんしゅ》！

それは声ならぬ呼び声——魂《たましい》の声。

あでやかな女性の声が割りこんできたのはそのときだった。

「呼ぶ、呼ぶと言いながら、実際にはこんなぎりぎりになるまで呼ばないのだから……あなたの強情さにはあきれるしかないね。おまけに、おとなしくしていろと言ったのに、ふらふら出歩いたりするから、こんなところにかどわかされることになるんだよ。まあ、道しるべになってくれたから、一応感謝はするけれど」

ラエスリールの意識が漂《ただよ》っていた、まさにその隣に、声の主が出現する。

闇主……？

ほかには考えられない——その色彩も、纏《まと》う気配も。

人間としての偽装はすでに解いてあり、そのひとは絶対的な魔力と美をたたえた姿で、空間にたたずんでいた。深紅の髪、深紅の双眸《そうぼう》——左の瞳だけが明らかな義眼とわかるところまで同じだ。それでも。

女性の姿というだけで、これほどに印象は変わるものなのか。

「せっかく以前、お前が纏った姿に化けてあげたのに、こちらには来ずにラスを選ぶとは……内梨、そんなにお前はわたしに会いたくなかったの？」

告げる声はやわらかく、決して厳しいものではなかったが、咎《とが》める響きは隠しようもなかった。

闇主が力をふるったのだろう——男の身体はすでにラエスリールから引き剝《は》がされ、宙づりにされていた……闇主の正面に。

男はすでに正気を失っているのか、青い瞳には鈍い光が宿るばかりだ。

驚愕《きょうがく》の声を上げたのは子供だった。

「お父さん！　お母さん！　お前……なにをするんだ！」

「お黙り、坊や。わたしは内梨と話したいのだよ……まあ、わたしのものを横取りしようとしたお前には、後でお仕置きしてあげるけど」

あでやかな気配のせいか、意地悪な笑みさえ魅力的に映る。

もっとも、相変わらずの物扱いに、ラエスリールは面白くないものを覚えたわけだが。

こいつはどうして、いつも、いつも……こちらの言うことに耳を貸そうとしないのか。

生身であれば、ため息のひとつやふたつも洩《も》らしたい気分のラエスリールをよそに、闇主は『内梨』に呼びかける。

「内梨、お答え……それとも、もはやわたしが誰かも思い出せないのかい？」

ぴくり、と男の唇が震えたのはその瞬間——。

かすかに開いた唇の隙間《すきま》から、煙のような妖気が洩《も》れ出、陽炎《かげろう》のような女性が現れた。

漆黒《しっこく》の髪、闇の瞳は妖貴《ようき》の証《あかし》——大きな瞳がくるくるとめまぐるしく動くのを見て、ラエスリールは既視感を覚えた。

誰かに似てる……？　ああ、そうか、茅菜《ちな》に似てるんだ。

茅菜が年頃の少女の姿を取れば、こんな風になるのではないか——そう思わせる少女だった。

「我が君……？　え、うそ、ほんとに」

実体を持たぬはずだというのに、澄んだ声は空間を震わせた。

闊達《かったつ》な少女らしい、澄んだ鈴の音《ね》を思わせる声と表情——そこからは、この悲惨《ひさん》な運命を繰り返してきた翳《かげ》りは感じ取れなかった。

そんな彼女に、闇主が微笑《ほほえ》みながらうなずいた。

「嘘かどうか、見抜けぬお前ではなかろう？　長いこと、気づかずにいて悪かったね……わた

子供に気づいたらしい。
当惑したように首をかしげた少女は、ようやく自分の隣に浮かぶ男と、下から見上げている
「助けに……あたしを……？」
しはお前は助けに来たのだよ」

ふたりを交互に見やった後、「そう……そうか、あたし……」とつぶやいた。

瞳が翳《かげ》った——きっと経緯を思い出したのだ。

説明ひとつもしてくれない闇主のせいで、ラエスリールはいまひとつ事情を読み解けないでいた。それでも闇主の言葉が彼女になんらかの条件を提示したらしいことには気がついた……なぜ、女性姿の闇主に向かって、彼女……内梨が我が君と呼ぶのかはわからなかったけれど。

「どうしたい？　かなえてあげるよ……わたしならできる。それは知っているだろう？　お前が悔《く》いる選択をする寸前に、わたしはお前を連れていってあげられる。どこに連れ戻してほしい、内梨？　どこにでも、わたしは連れていってあげるよ」

それは場所に限ったことではない——闇主は時に支配力を持つ妖主《ようしゅ》なのだから。

未来に移動はできないのだと……そうは聞いていたけれど。つまりそれは過去への移動はかなうということ。

やり直す機会を、もう一度与えてもらえるということ。

「選び直す……」

噛《か》みしめるように、内梨がつぶやいた。

そうしてもう一度、ほかのふたりに目を向けた。

「あたしの夫……産めなかったあたしの子供……。我が君以上に大切に思える者を、胸に抱えこむことなどあろうはずがないと思っていたのに……」

「だから、やり直せばいいのだ。簡単なことだろう？　望めばいいのだよ……どこに時を戻してほしいか、わたしに言えばいい。わたしはお前が幸せになれる時と場所に、連れ戻してあげることができるのだから」

苛立《いらだ》たしげに闇主が告げる。

彼――いや、いまは女性形を取っているのだから、彼女と呼ぶべきなのかもしれないが――が、こんなにもやさしい配慮《はいりよ》を、他者に示す姿を見たことがなかったラエスリールは、だから内梨は闇主にとってかなり近しい存在なのだと理解したわけなのだが。

なにか……面白くなかった。

だいたい、先程から、自分を無視して『ふたりの世界』を作っていることも気に食わなかった。

内梨のことは、もちろん胸が痛くなるほど気の毒だと思っているのだ。ヴァーニスであった子供の……どれほどに育とうとも、新たな『母親』候補が現れた瞬間、生まれ直すために仮初《かりそ》めの肉体を手放し、魂《たましい》だけの存在に戻らざるを得ない運命のありようにも泣きたいほどに胸を痛めた。

なんとか……できるものなら、なんとかしてあげたいと、心から思っている。

けれど、内梨と闇主のやり取りを見ていると、なんだか面白くなくて、そっぽを向きたくなるのだ。

なんで、こんなに気持ちをかき乱されなければならないのだろう……!?

自分の心のはずなのに、誰かに勝手にかきまぜられているような気がした。

どうして……!?

ラエスリールがそう思った、ちょうどそのときだった。

内梨が泣き笑いの表情で、闇主に答えを返した。

「戻れない……戻れません」

あでやかな深紅の美女が、苦しげに目を瞑《つむ》った。

「なぜ?」

問い返す闇主の声に震えも動揺の翳《かげ》りも感じ取ることはできなかったけれど——そのひとが苦しみ、悲しんでいる事実だけは、ラエスリールの胸に届いた。

「あたしは確かに選択を誤りました……けれど、そのおかげでずっと彼のそばにいました……いられたんです。あたしは彼を譲《ゆず》れない……彼をほかの誰にも渡せない。彼の子供を産むのは、あたしでなければ許せない……でも、それは彼やあの子が足掻《あが》いて他人を巻きこんでくれたから……だから、ようやく自覚できたんです。たとえ時を遡《さかのぼ》っても、きっとこの記憶は消えない……消し去ることなど到底できない……だから」

あたしを助けるために来て下さったとおっしゃるのなら、どうか――。

あたしたち三人を、どうか滅ぼしてくださいませ。

「内梨……！」

迸《ほとばし》るような叫びには、悲痛な響きが宿っていた。

『闇主……』

あまりに悲しげな声に、思わず声をかけたラエスリールは、内梨の願いを耳にした時以上の嘆《なげ》きに満ちた声を聞いた。

「だから、おとなしく、目立たないようにしていろと言ったのに……」

辛《つら》そうな様子で、女性の姿を纏《まと》った女性は、ラエスリールの意識をつん、とつついた。

「身体にお戻り……そうして……内梨の願いを叶えてあげておくれ」

それは要請――強制ではなかった。

けれど、本来の肉体に戻ったラエスリールは、その願いを叶えざるを得なくなっていた。

否応《いやおう》なく繰り返される、この歪《ゆが》んだ螺旋《らせん》を断って！

強い、強い願いだった。

かなえるだけの力をラエスリールは持っていた。

「三人の命を断てと、お前が言うのか、闇主!」

「違うわ。それはあたしの望み」

陽炎《かげろう》のような内梨が言い切る。

「お願い」

内梨の……強い、強い祈りにさえ似た想い。

お願いします——と、ヴァーニスが告げた。

頼む、と名も知らぬ男までも頭を下げた。

終わりにしてほしい——と。

「紅蓮姫!」

斬魔《ざんま》の刃を呼び寄せて、ラエスリールはすべてを断ち切った。

エピローグ

命の気配の絶えた室内で、ラエスリールはうつむいていた。

涙が溢《あふ》れてとまらない——そんな顔を闇主《あんしゅ》に見せるわけにはいかなかったから、ただ深くうつむいたのだ。

肩に手を置かれたのを感じる。背後から抱きすくめられて、本来の姿に戻った男の手が、わざわざ自分の両目を塞《ふさ》ぐようにのびてきたのに舌打ちした。なぜこの男は、こんなときにばかりやさしいのだろう。自分のほうがよほど深く傷つき、悲しんでいるだろうくせに……そう思うと憎らしくさえ思えた。

「わたしを……シェスカリになんか連れて来なければよかったんだ……」

そうすれば、たとえ内梨《ないり》が死を望んだとしても、そうさせずにすんだかもしれない。

だが、胸中の言葉は伝わらない……いや、あえて知らぬ顔をしているのかもしれないが。

「ああ、後味の悪い真似《まね》、させてすまなかったな。気にするなと言っても、どうせ無駄だろうから、全部おれのせいにしておけ。実際、おれのせいだしな」

「そんなことを言ってるんじゃない！」

怒りを覚え、ラエスリールは闇主の腕を払いのけた。

「わたしは……っ！」

「感謝してる。お前と紅蓮姫《ぐれんき》の力がなければ、あれほどたやすく死なせてやることはできなかった。怒っていいぞ、十中八九内梨があぁ選択するだろうってことがわかってて、お前を連れてきたんだからな」

利用したのだと、はっきり告げる闇主に、半ば呆然《ぼうぜん》としてラエスリールは問うた。

「どうして……なんだ？　やり直させればよかったじゃないか……あんなに、あんなに助けたがってたじゃないか。たとえ記憶を封じてでも……そうすれば……」

自分で言いながら、ラエスリールはそれが傲慢《ごうまん》な、思い上がった行為であることに気づいていた。

そんなことをしても、内梨が記憶を途中で取り戻さないとも限らない。そんなことは、闇主が満足するだけの……気休めにしかならない。わかっていても、そうして欲しかった、と思ってしまう。自分の痛みゆえではなく、闇主の胸に走った傷を思うがゆえに。

闇主のことも身勝手だといつも詰《なじ》っているけれど、本当は自分のほうこそが、その傾向は強いのだと、ラエスリールは認めざるを得なかった。

だが、妖主《ようしゅ》の青年は淡々とした口調で答えた。

「やったさ……二度ほどな。もちろん記憶は封じて、繰り返さないよう暗示までかけてやった……なのにどういうわけか、あいつらは繰り返しちまうんだよ。やり直すたびに、歪《ゆが》みは大きく育つばかりだ……今回なんぞ、おれをおれだと認識するのにあんなに時間がかかっちまった。今度無理やり戻したら、あいつらはもうあいつらじゃなくなったかもしれない。お前はわがままだと言うだろうが、おれはそれはいやだったんだ。ああ、野郎のことなんざどうでもいいんだ……ただ内梨がな、内梨じゃなくなるのは……な」

確かに勝手な言い分だった——けれど「わかる」とラエスリールはうなずいた。

「……茅菜《ちな》に似てる……と思った」

そうかもな、と闇主がうなずく。

「出会ったころのあいつが、ちょうどそのくらいだったからな。生まれて間もなくふらふらしてるとき、余興《よきょう》で女に化けたおれを見かけて、ほとんど無理やり押しかけてきたんだよ。どうも印象が強烈だったらしくてな、男姿だと呼んでも返事もしやがらない。配下にしてくれるまでどこまでもつきまとうって宣言したあげく、本当におれが根負けするまでつきまとったくせにだぞ？　あんまり勝手すぎて……それがなんだか面白くて、けっこう構ってやってたかな」

なにやら、茅菜との出会いを彷彿《ほうふつ》とさせる話だった。

「気に入ってたんだな」

問いですらない問い掛けに、闇主はあっさりうなずいた。

「うちの連中はクセの強いやつらが多かったからな。極端だったが、あんな風に素直に懐いてくるやつはいなかったし、男のおれには興味ないって態度がまた新鮮でなあ……女の配下なんぞ持つもんじゃないって思ってたんだが、あいつだけは例外だったな」

そんな風に気に入っていた相手が、死んだばかりだというのに、闇主の声には苦しげな響きがなかった。

薄情だからなのではない。その相手の喪失《そうしつ》を心から悼《いた》みながらも、だからといって思い出までも封じようとはしない強さなのだとラエスリールは感じた。

だから、言った。

「通夜を……しようか」

その提案に、闇主は驚いた様子で軽く目を瞠《みは》ったが、すぐににやりと口許《くちもと》を歪《ゆが》めて答えた。

「人間臭くて面白そうだな。ついでだから、配下仲間ってことで、九具楽《くぐら》のやつのも一緒にしてやるか。あいつもけっこう笑えるやつだったからな。でもって、おればっかりが喋《しゃべ》るのも疲れそうだから、お前も誰かの通夜を兼ねろ。母親の思い出なんかはどうだ？　あの金の野郎と張り合ったあげく、駆け落ちまでする強者《つわもの》だ、けっこう楽しそうな話がありそうだと思うんだが……どうだ？」

九具楽——そしてチェリク。

少し前までなら、到底思い出話ができる存在ではなかった。

いまもまだ、名前を聞くだけで胸が痛くなる。けれど、忘れたい、目を背《そむ》けたいとはもう思わない。

ラエスリールもうなずいた。

「そうだな……そうしよう」

※

闇主が酒を持ちこんでくれたおかげで、結局通夜といいながらちっとも通夜らしくない一夜となった。

そもそも魔性《ましょう》は酒に酔うのかと尋ねたラエスリールに、気分的なものだが陽気になれるのだと胸を張って答えた闇主は、やはり『通夜』の意味合いを間違って捉えているのかもしれない。

ラエスリールのほうは魔性であることが発覚するまで、ずっと自分を人間だと信じていたこともあり、その感覚がいまも根強いせいで、酒類はけっこうきく。精神面に大きな影響を与えるあたりは魔性ならではなのか、それとももともとそういう『体質《ぐち》』だったのか。

そのせいか、故人を偲《しの》ぶ目的の夜だったというのに、つい愚痴めいた言葉がラエスリールの口を突いて出てきた。

「だいたい、お前は言葉が足りない上に言葉の選び方に問題があるんだ。そりゃあわたしは世間知らずと言われても仕方ない自覚はあるが、もう少し親切に説明してくれたっていいと思うぞ。お前はおとなしくしてなかったわたしが悪いって言うが、そもそもお前がきちんと説明してくれていれば、宿で三日もかりかりしたあげく、街に出掛けようだなんて思わなかったんだ。あげく美味《おい》しそうな匂《にお》いに釣られて店に入って、なんだか知らないが親切なひとたちが勧めてくれた飲み物を飲んでるうちに眠くなって……それで目が覚めたら、ヴァーニスの家だったんだから、結局元凶《げんきょう》はお前じゃないか」

責任転嫁気味のラエスリールの台詞《せりふ》に、闇主はかすかに目元を震わせたのだが、ほろ酔い気分の彼女は気づくことはなかった。

ラエスリールは知らない——自らが内梨たちをおびき寄せる囮《おとり》となるために、通常では考えられないほどに力を限定して闇主が変化していた事実を。結果として、ラエスリールとの繋《つな》がりも、彼女の生命の危機に係わる事態でも起こらない限り、察知し得ない状況にあったことなど。

「一応聞いておきたいんだが……目覚めたとき、身体の一部が痛かったり、着ている服が違っていたり……とかはなかったんだな？」

相変わらず質問の意図に気づかぬラエスリールは「ああ」と答えた。

「幸い吐いたりはしなかったようだ。それにちゃんと寝台に寝かせてもらえたからな。ヴァーニスは親切なひとで……なあ、闇主、彼は生まれ変わることができるだろうか？」

　自分の洩《も》らした一言が、闇主の脳裏にいかなる計画をもたらしたかも知らぬまま、彼女は真《しん》摯《し》に問いかけた。

「大丈夫だろうよ……お前を主に選んだ時点で、紅蓮姫には風変わりな特徴が加わったらしいからな。たとえあの子供が魔《ま》性《しょう》の部分が大きかろうと、人間の部分がある以上、その魂《たましい》は輪《りん》廻《ね》とやらの流れに戻るだろうさ」

　それが嘘でない証拠などなにもない。

　闇主は平気な顔で嘘をつく。わかっていた。もしかしたら騙《だま》されているのかもしれないと、ラエスリールだって知っていた。それでもそれが真実なのだと、信じたいと思ったから……信じることを選んだから、彼女は「そうか」と微《ほ》笑《ほ え》んだ。

「なら……良かった。ソーリンに約束したんだ。ヴァーニスはたとえどこかに行っても、きっと戻ってくるって。だけど……本当にお前はわかりにくい言い方ばっかりする……。女性の姿を取ったからって、なにがどう違うというんだ……お前がいなきゃかりかりするし、お前がいてもどきどきするし、女性の姿でも、すごく誰かと親しげにしてたら、やっぱりいらいらむかしたぞ？　少なくとも、お前がお前だってわかってる状況なら、どれほど違って見えても心にかかる負担は変わらないんだぞ……なのに、お前は勝手に説明不足な台詞を吐き捨てて姿を消すし……」

愚痴《ぐち》、愚痴、愚痴——愚痴の大嵐だった。

「悪かったな」

と、闇主が言うのに対して、ラエスリールは「誠意が感じられない！」と主張した。

「本当に悪かった」

告げる闇主はなにやら機嫌がよさそうだった。

「本当にわかっているなら……許してやるが……」

そう言う彼女に、心底からとおぼしき笑顔を向けて、闇主は告げた。

「いくらでも謝るから、できるだけ早く、育ってくれ……な？」

ここで首をかしげてしまうのはラエスリールのラエスリールたる所以《ゆえん》とも言えた。

「育てと言われても……闇主。わたしの身体はこれ以上、大きく育ちそうには思えないのだが……？」

この返答に、柘榴《ざくろ》の妖主《ようしゅ》たる青年が爆笑したことは言うまでもない。

翌々日、ふたりの姿はシェスカリから消えた。

※

雲ひとつない晴天のもと、シェスカリの街に異変が生じたのはこのすぐ後のことだった。

酒も料理も美味《うま》いと評判の『ベディッツ料飯店』――料飯店と言いながら、酒場の気配が色濃いことは、地元の誰もが知っていたのだが――に季節外れの落雷があったのだ。

被害にあったのは、店主と常連のゴロツキどもで、いかなる不思議か厨房《ちゅうぼう》の料理人たちは全員が無事だった。

後にシェスカリの不思議のひとつに数えられることとなる怪事件ではあったのだけれど。

元凶《げんきょう》は、なにも知らない。

あとがき

今回、ピンチの、ピンチの、ピンチの連続……で、思わずウルトラマンが欲しくなってしまった作家、前田《まえだ》珠子《たまこ》でございます。

とは言え、正気に戻って考えてみると、ウルトラマン呼んでも、三分間しかいてくれないんですよねえ……。超絶的な鍵打《けんだ》速度でもって打ってもらったとしても……何ページになるのかな？　ふっ、しょせん他力本願《たりきほんがん》じゃだめってことよね。

ともかく、ウルトラマンの力を借りることなく、なんとか書き上げた新作、『破妖《はよう》の剣《つるぎ》外伝5　魂が、引きよせる』をお届けいたします。

お久しぶりの『破妖』ですが（でも外伝……くうう、みなさま、すまぬ）、二冊つづけてラスと赤男メインの外伝出したので、今回リクエストの多かった（とは言っても、ダントツ一位は金パパとチェリクママの話だったんですけどね、それは本編終わってから……を予定してますんで、もうしばらく待っててください）リーヴシェランと邪羅の話とあいなりました。

もっとも、問題がないわけでもなかった……ずばり、邪羅の不在であります。

この子、『翡翠』の最後で麗《うるわ》しの母君さまにくっついてったんですよね。つまり、しばらくは姿くらまし状態なわけです。あの御方が、修行の合間にひょこひょこ抜け出す余力を残すような修行内容を組むとも思えませんし（くすくす）。きっと修行中、邪羅くんは精根尽き果てるよーな毎日を送っていたことでしょう。

じゃあ、ある程度時間を置いて……ついでだから、リーヴシェランにはお年頃になってもらおう。そうすれば、ふたりの関係も少しは……などと、作者のくせに甘い期待を抱いた前田珠子、見事に玉砕《ぎょくさい》いたしました。

リーヴシェランの性格を読み違えたというか、なんといいますか……事件に巻きこまれたからといって、おとなしく助けを待ったり、呼んだりするはずがなかったんですよねえ（しみじみ）。だから、ふたりの仲の進展とかラブラブを期待された方には、「ごめんなさい」なことになってしまいました。

しかし、この話で一番作者を振り回してくれたのは織屍であります。

このネタを思いついたとき、電話で友人に、

「あのねー、今度の外伝のボスキャラ（笑）ってば○○なんだよー」

と報告したところ、友人は呆《あき》れた声で、

「まるでこれまで○○のボスキャラを出したことがないような言い方だねえ？」

と返してくれましたが――それに対して、

「でもねー、あのね、結果的に○○と言われても仕方ないひとになったことはあるんだけど、最初から○○だって決めて書くのは初めてなんだー」

嬉《うれ》しそうに告げた私に、友人はため息まじりに答えたわけです。

「……つまり、ギャグに落とすんだね？」

「ストーリーは一応シリアスだってば」

「……」

なる会話が繰り広げられました。

○○にはお好きな漢字を当ててはめてみてください（くすくす）。

最初、せっかくだからラスと赤男も乱入させようかとも思ったんですが、結果的に○○と呼ばれても仕方のない御大《おんたい》のご出馬で、それはなしになりました。彩糸のことも、しっかり書いておきたかったことですし……（ああ、これでは御大が誰だかばればれだわ）。

あと、サティンと新しい護《まも》り手《て》のことですが……考えついたとき、さすがに自分で自分のことを「悪魔……？」とか思ってしまいました。以前笑い話で「サティンはねー、二度と護り手と死別したくないから、闇主に紹介とか頼むんだー。そしたら虫捕り網《あみ》手渡されて、白砂原に連れ出されて、『今から適当なの呼ぶから、現れたら捕獲しろ』って言われて、闇主の呼び出した妖貴虫捕り網で捕まえて、護り手にするんだよー」とか言ったことがありましたが、状況的には似たようなものかもしれません。いずれ、彼女の外伝も書きたいです。

いけない……あとがきを先に読んでるひとに「つまりギャグ？」とか誤解されそうだわ。

もう一本の『いびつな螺子《ねじ》』に話題を移しましょう。

最初に考えたコンセプトでは、これは『ラスに言い寄る誠実な男性出現！　どうする闇主!?』という話だったはずなんですが……これまた見事に話が変わりました。それというのも、友人との馬鹿電話が原因でした。以前別のシリーズのキャラクターの性別を逆転させるという例え遊びをした余韻《よいん》があったのか「乱華ってば、女だったらものすごーくゴージャスな美女に成長しそうじゃない？」とか、話題をふってしまったわけです。友人曰《いわ》く「確かに……凄《すご》く華やかになりそう♡　それで闇主の美女姿がラスのそばにあったら目茶苦茶ゴージャスだよねえ……♡」……そこまで考えてなかった私は、一瞬絶句したものの、ふむむ、と思ってしまったわけです。女性の闇主なぞ想像できませんが、『化けた』というのなら面白いかもしれない……とかなんとか。

あの赤男のことですから、気が向かないことには指一本動かそうとはしないでしょうが、気が向けば、周囲にどんな被害が生じようと、いっさいおかまいなくやってしまうだろうことは目に見えきってますし。

かくして『赤男の赤女さん姿を見よう！』計画は発動してしまったわけです。

ラスと闇主のラブラブを期待なさった方には申し訳ない話になってしまったかもしれませんが、作者本人としては大変楽しく書けた一作です。まあ、『紫紺』後編の「なんだったんだ、あれは」に張るラスのボケっぷりも披露できましたし（くすくす）。なまじ、あのころより容姿的にグレードアップしたことを考えると、受けるダメージは今回のほうが大きいかも……ソーリンちゃん、可哀相《かわいそう》（笑）。

でもまあ、今回ようやく通夜もしてもらったことだし、くぐらんも少しは報われるかな……いや、あのひとのことだから「忘れ去られるぐらいなら、わたしはあなたの永遠の心の傷でありたい」とか言いそうな気も……気も……うーん？　この件に関するご意見、どしどしお寄せください。お待ちしております。

さて、ますます「今回の本って、ギャグばっかり？」という印象を与えそうですので、話題を変えましょう。近況です。

とは言っても、今回本当にぎりぎりのピンチだったので、少し前のことになってしまいますが、久々にゲームソフトを購入いたしました。『レジェンド・オブ・ドラグーン』……店頭の画面で流れるアニメーション（ＣＧですが）が大変美しく、気づいたときにはレジで財布をってな状況で手に入れたわけですが、ロゼとアルバートさまに頼りまくり状態のせいか（使える上に声がいいんですもの）各キャラのレベルの偏《かたよ》りがけっこうあります。ボス戦前に回復系と治療系のアイテムが尽きることも多々あって、苦戦の連続なあたり、やはり私はヘボいプレイヤーと言えましょう。

しかし、封印して約一ヵ月半……すでに記憶は曖昧《あいまい》で、つづきができるか大いに不安です。

ＦＦⅧの二の舞《まい》にならないといいんですが（時間がなくて、クリアできてないんです）……。

紙面も尽きてまいりました。そろそろ結びとまいりましょう。

厦門潤《あもいじゅん》さま。

『深紫絃韻《しんしげんいん》』の連載終了おめでとうございます。お疲れさまでした。だというのに、今回またしても極悪な状況でイラストをお願いすることになり、本当に申し訳ございません。

カバーイラストがリーヴシェランと聞いて、とっても楽しみです♡

川野さま。

いつものことながら、今回もご迷惑をおかけしてしまいました。申し訳ございません。これからもよろしくお願いいたします。

最後に、読んでくださる方――。

またしても外伝で申し訳ありません……が、着々と準備は整えつつあります（開始するのに片づけないといけないヤマが、あといくつか残ってますが）。他のシリーズも含めて、海のように広い心で、どうかもう少しだけ待ってください。叱咤《しった》激励のお手紙、心よりお待ちしております。それでは――。

西暦二〇〇〇年　二月　某日　　前田　珠子

この作品のご感想をお寄せください。

前田珠子先生へのお手紙のあて先

〒101-8050　東京都千代田区一ツ橋2-5-10
集英社コバルト編集部　気付
前田珠子先生

まえだ・たまこ

1965年10月15日、佐賀県生まれ。天秤座のB型。『眠り姫の目覚める朝』で1987年第9回コバルト・ノベル大賞佳作入選。コバルト文庫に『破妖の剣』シリーズ、『カル・ランシィの女王』シリーズ、『聖獣』シリーズ、『聖石の使徒』シリーズ、『天を支える者』シリーズ、『空の呪縛』シリーズ、『ジェスの契約』『トラブル・コンビネーション』『陽影の舞姫』『女神さまのお気の向くまま』『万象の杖』『月下廃園』など多数の作品がある。

——破妖の剣　外伝⑤——

魂が、引きよせる

COBALT-SERIES

2000年3月10日　第1刷発行
2009年10月25日　第2刷発行

★定価はカバーに表示してあります

著　者　前田珠子
発行者　太田富雄
発行所　株式会社　集英社
〒101－8050
東京都千代田区一ツ橋2－5－10
電話　東京　(3230) 6268（編集部）
(3230) 6393（販売部）
(3230) 6080（読者係）

印刷所　大日本印刷株式会社

ISBN4-08-614690-8 C0193